Catrin Barnsteiner
Verglüht

Catrin Barnsteiner

Verglüht

Erzählungen

SchirmerGraf Verlag
München

ISBN 3-86555-006-1

Gesamtgestaltung: Paul Barnes, London
Umschlag unter Verwendung des Fotos *Servir et disparaître*
(Ausschnitt) von Katharina Mayer, 2003/04
Gesetzt aus der Berthold Caslon
Satz: Uwe Steffen, München
Druck und Bindung: Ebner & Spiegel, Ulm
Printed in Germany

www. schirmer-graf.de

Für meinen Vater, meine Mutter,
meine Schwester und meinen Bruder.
And to Jon.

Eine Party

Mein Bruder ist Psychiater, und ich hasse ihn dafür, daß er Sätze über mir ausschütten kann wie Rotwein auf einem hellen Flokati. Nie kriege ich sie wieder weg. Und weil ich das weiß, habe ich auch nichts mehr gesagt. Flecken können schlimmer werden, wenn man daran herumreibt.

»Eine Party also, soso«, hatte mein Bruder gesagt. »Weißt du Rosalie, wenn du eine Party gibst, ist das in etwa dasselbe, als würdest du einen Psychiater konsultieren, der es für eine gute Idee hält, deine Kollegen und deine Nachbarn zum Zuhören zu bitten, während du ihm deine Probleme erzählst. Auch was die Ausgaben betrifft, dürfte das in etwa hinkommen.«

Warum hatte ich ihn nur angerufen?

»Bereust du schon, daß du mich angerufen hast?« fragte mein Bruder, und es klang gierig. Seine Zufriedenheit preßte sich geradezu durchs Telefon. Ich mußte an die glühende Zigarette denken, die man in den Filmen nach dreiundzwanzig Uhr auf den Leuten ausdrückt, die man foltern will.

Also nahm ich den Telefonhörer so weit weg vom Ohr, bis es aussah, als hielte ich ein Messer über meinem Kopf. Ich bin niemand, der mit einem Messer im Wohnzimmer steht, und es war einfacher, aufzulegen als zu leugnen. Ich setzte mich auf den Hocker neben dem Telefon und kämmte mit den Noppen meiner Hausschuhe den Flokati. Wünschte mir, daß er einen Knoten hätte. Irgend etwas, das ich wieder in Ordnung bringen könnte.

Auf meinem Schreibtisch liegt der Block bereit, den ich vor sechs Wochen gekauft habe. Ich hatte den mit fünfzig Blatt genommen, der mit den hundert schüchterte mich ein. Zehn Vorder- und elf Rückseiten sind noch übrig. Und neun Tage.

In neun Tagen werde ich dreißig, und ich weiß, daß ich etwas zu tun habe. Ich werde eine Party geben. Ich habe noch nie eine Party gegeben, ich habe es immer verschleppt, aber jetzt ist es ernst geworden.

Wenn man eine Party gibt, muß man interessant genug sein für einen ganzen Abend. Ein ganzer Abend ist so viel länger als ein ganzer Tag. Die meisten Leute, die ich kenne, sind Kinofilme. Nur ich, ich bin nicht abendfüllend.

Ich kann niemanden fragen, natürlich. Die Leute, die ich fragen könnte, wie eine gute Party geht, sind auch die, die ich dazu einladen möchte. Aber dann kämen sie nicht mehr. Weil sie dann wüßten, wie ich bin. Ausgerechnet in dem Moment, in dem ich beschlossen hatte, anders zu werden. Meinen Bruder zu fragen, hatte ich deshalb eigentlich für eine gute Lösung gehalten. Er weiß, wie Partys gehen, und wir wissen beide, daß ich ihn nie dazu einladen würde.

Zuerst war ich in der Bücherei. Ich wollte Nachschlagewerke, aber die Bücher über Partys waren allesamt dünn wie Heftchen, nicht mal annähernd so dick wie mein Ringbuch mit den fünfzig Blättern. Und kleiner, mit viel zuwenig Text und viel zu vielen Bildern von lackglänzenden Salzstangen, auf denen die Kristalle saßen wie sorgfältig aufgesteckte Brillanten. Ich mochte die Salzstangenfotos, aber es ärgerte mich, daß die Bücher Bilderbücher waren. Als wäre eine Party ein Kinderspiel. Ich suchte mir aus dem Regal trotzdem fünf Stück aus und achtete zumindest darauf, daß sie nicht alle von derselben Autorin stammten. So was ist wichtig, das weiß ich. Bei Problemen sollte man immer verschiedene Meinungen einholen.

Zwar arbeite ich gerade als Sekretärin, aber eigentlich bin ich Archivarin, und in meiner Freizeit, oder wenn mir tagsüber Zeit bleibt, kann ich mich um das Archiv meines Chefs kümmern. Im Moment beschäftige ich mich mit den Auswertungen der Analysen zur Härtegradoptimierung von Filzstiftminen. Kein einfaches Thema.

Während ich an der Theke wartete, dachte ich über die Leute nach, die Bücher darüber schreiben, wie man Partys macht. Sind sie seriös? Kann man so jemand überhaupt trauen? Ich stellte mir die blonde Studentin aus der Nachbarwohnung vor. Dort ist es an Samstagabenden so laut, daß ich klingeln würde, wenn ich nicht Angst hätte, daß mich niemand hört. Und dann wäre ich nicht nur müde, sondern müde und einsam.

Die Bibliothekarin empfahl mir noch zwei weitere Bücher. Die waren gerade ausgeliehen, und sie riet mir, in die Buchhandlung nebenan zu gehen. Aber ich wollte keine kaufen. Wenn ich die nächste Party gebe – wer weiß, die Wissenschaft ist so schnell auf allen Gebieten –, sind diese Heftchen bestimmt überholt. Zwei Wochen später holte ich die vorbestellen Exemplare ab und las sie aufmerksam. Mein Ringbuch daneben auf dem Tisch. Es gab wenig herauszuschreiben, meistens fehlten die Erklärungen. Dabei schätze ich Erklärungen, das Leben erscheint mir auch mit ihnen noch viel zu kompliziert.

Es gab nur einen Satz, von dem ich wußte, daß er so wichtig war, daß ich ihn nicht aufschreiben mußte: »Wenn Sie unsicher sind, kochen Sie das Menü einmal vor, stellen Sie die CDs zusammen, und probieren Sie die Dekoration aus.« Eine Generalprobe. Ich habe es mir selber schon früh angewöhnt, Generalproben abzuhalten. Denn meine Sätze sind oft schlecht verarbeitet, und beim ersten Gebrauch fallen sie auseinander. Weil ich das weiß, kann ich sie in wichtigen Fällen vorher testen und notfalls austauschen. Mein Bruder sagt, für dieses Verhalten gebe es einen Namen.

Das Menü hat mir, zugegeben, Kopfzerbrechen bereitet. Acht Personen, ich war genau vier Stunden und dreißig Minuten beschäftigt. Lauchcremetörtchen und Tomaten-Basilikum-Kuchen und Vanilleeiscreme und Kaffee und Rotwein und Salzstangen. Ich hatte alle Kollegen schon mal in der Kantine Tomaten essen sehen. Und zu Mozzarella ist es da nicht mehr weit. Außerdem hatte ich nur vier Stühle. Für Kuchen und Törtchen kann man auch stehen. Der Rotweinkonsum in Deutschland ist in den vergangenen Jahren prozentual viel stärker gewachsen als der von Weißwein. Vanille ist die liebste Eiscreme der Deutschen, das hatte ich in einer Zeitschrift in der Apotheke gelesen. Allerdings, wie mir plötzlich im Supermarkt einfiel, war es eine Studie vom vorigen Jahr. Ich legte also vorsorglich noch Schokoladeneis mit Rumrosinen in den Wagen. Blieben die Lauchcremetörtchen und die Salzstangen. Sie waren, das war klar, ein Risiko, das ich eingehen mußte.

Schließlich kaufte ich noch CDs, die Titel hatte ich in einer Zeitschrift unter »Partytips« gelesen. Auf einem Cover waren rauchende Männer mit Saxophonen und auf zwei anderen dünne Mädchen, die so bunte, enge Stretchanzüge trugen, als hätte man sie mit farbigem Gummi eingerieben. Ich kaufte sie alle, obwohl ich längst festgestellt habe, daß ich keine Musik von Menschen mag, die nicht zu meinen Möbeln passen. Auf der vierten CD war nur ein Muster, und ich freute mich, weil es mich an den Strichcode der Salzstangen erinnerte, nur in Bunt. Den Strichcode der Salzstangen kenne ich, ich hatte die Pakkung lange genug in der Hand gehabt.

Nachdem ich die Lauchcremetörtchen und den Tomaten-Basilikum-Kuchen aus dem Ofen geholt hatte, stellte ich acht Gläser auf den Tisch, füllte sie mit Rotwein und holte die Schälchen mit den Salzstangen. Ich stellte den Fernseher an, um Diskussionslautstärke zu simulieren, und notierte mir anschließend die Lautstärkenzahlen in meinem Ringbuch: 7 bei den rauchenden Saxophonspielern und dem Salzstangen-Code-Muster, 5 bei den bunten Mädchen – oder doch 4? Ich schrieb hinter die 4 ein dünnes Fragezeichen, das Heft war schon fast voll. Dann stellte ich mich mit einem Teller voll Lauchcremetörtchen und Tomaten-Basilikum-Kuchen in die Mitte des Wohnzimmers.

Die Männer spielten Saxophon, im Fernsehen küßte sich ein Liebespaar.

Ich schaute. Ich aß. Ich suchte mir eine Schauspielerin aus. Wenn sie zuhörte, aß ich, wenn sie redete oder küßte, ließ ich die Gabel baumeln, und wenn sie nicht im Bild war, auch. Nach neun Minuten war der Teller leer. Ich setzte mich und notierte es. Gut. Und jetzt? Ich holte aus der Küche eine Mülltüte, um das restliche Essen einzusammeln. Die Probe war beendet. Nein, abgebrochen. Eine Probe, in der nur der Regisseur und seine Requisiten versammelt sind, ist doch keine Probe, dachte ich wütend und wurde böse auf die Partybücher.

Und dann hatte ich plötzlich eine Idee. Es war eine hervorragende Idee.

Am nächsten Tag rief ich sieben Leute an und lud sie für den Mittwoch ein, zwei Tage vor meinem Geburtstag. Nach jedem Telefonat streckte ich die Beine aus und gönnte mir eine Trüffelpraline. Alle sagten zu. Gut.

Eigentlich wollte ich Einladungen schreiben, aber schriftliche Einladungen kann man nicht beiläufig formulieren. Man kann sie nicht überspielen oder zurücknehmen wie ein dummes Wort, wenn man merkt, daß es unpassend war. Aber das zu können ist mir wichtig. Zum erstenmal in meinem Leben gebe ich eine Party.

Vorsorglich hatte ich die ganze Woche freigenommen. Mittwoch abend zog ich um sieben Uhr mein blaues Sommerkleid an. Es hat genau die gleiche Farbe wie die Tinte, mit der mein Chef die ganz wichtigen Akten unterschreibt. Die Lauchcremetörtchen und den Tomaten-Basilikum-Kuchen hatte ich gerade auf den Tisch gestellt, als um acht Uhr Claus und Theo aus dem Labor klingelten. Gleich nach ihnen kamen Thomas, Elisabeth und Frederike aus der Buchhaltung und dann noch Steffi, die von mir immer Kaffee ausleiht, zusammen mit Holger, der ihren Kaffee immer trinkt. Ich hatte nur Kollegen eingeladen. Kurz hatte ich an meine Nachbarin, die blonde Studentin, gedacht. Es war Mittwoch, nicht Samstag – sie müßte Zeit haben für eine Party. Dann schien sie mir aber doch zu riskant. Sie ist eine Expertin.

Als ich Claus, Theo und Thomas mit drei großen Blumensträußen in der Tür stehen sah, wollte ich sie wieder zumachen. Ich hatte doch nur eine Vase. Morgen hätte ich noch zwei andere gekauft. Beinahe hätte ich mein Ringbuch geholt, um ihnen zu beweisen, daß ich nicht so war, so gedankenlos. Daß ich wirklich daran gedacht hatte.

Alle gingen ins Wohnzimmer, nachdem sie mir freundlich die Blumen in die Hand gedrückt hatten, wie ich das sonst nur von den Mänteln kenne, die ich im Büro den Gästen abnehme, bevor ich sie zum Chef bringe. Frederike half mir in der Küche, den größten Strauß – ich glaube, er war von Claus – in die Vase zu stecken. Dann bückte sie sich unter die Spüle und zog meinen Putzeimer hervor. Er ist weiß und ein Weihnachtswerbegeschenk meines Zahnarztes. Drauf steht: »Zweimal täglich Zähne putzen«. Ich sah ihr zu, wie sie Wasser einfüllte, es schäumte ein bißchen und wurde grün, dicke Staubflusen hängten sich an die Dornen gelber Rosen.

»Schau mal«, sagte Frederike und zupfte lachend ein paar Flusen weg. Es sah aus wie vermodertes Lametta.

Dann trug sie den Putzeimer ins Wohnzimmer. Ich hatte ihn nicht sorgfältig ausgewaschen. Wütend, als wäre ich auf einen ganz billigen Trick hereingefallen, schlug ich das Ringbuch auf und schrieb »Vasen!« auf die nächste freie Seite, obwohl ich wußte, daß ich es schon weiter vorne eingetragen hatte. Als ich ins Wohnzimmer kam, stand der Putzeimer auf der Kommode, mit der Aufschrift nach vorne. Alle lachten.

Keinem schien aufzufallen, daß die rauchenden Saxophonspieler nicht zu meinen Möbeln paßten. Alle hatten Teller in der Hand. Genügend Gläser, gut. Genügend Teller, gut. Der Kuchen war noch warm, gut. Alle sprachen lauter, als ich gedacht hatte, ich mußte aufstehen und die rauchenden Saxophonspieler von 7 auf 5 runterdrehen. Mein Ringbuch hatte ich in der Küche hinterm Toaster versteckt. Als ich noch zwei Flaschen Rotwein holte, trug ich die 5 schnell ein.

Während des Essens unterhielten sich meine Gäste bei weitem nicht so viel, wie ich vor dem Fernseher geprobt hatte. Wir waren früher fertig als geplant. Eis wollte auch keiner. »Vanille«, lockte ich. »Schokolade mit Rumrosinen«, bettelte ich. »Oder Kaffee?«

»Später.«

Alle schüttelten lächelnd den Kopf, und dann legte Claus den Arm um mich.

Ich versuchte, nicht panisch auszusehen, jetzt wurde es ernst: Das Essen auf einer Party ist die einzig mögliche zu bestimmende Größe. Der Rest sind Unbekannte. Oder nein, halt, das Geschenk. Ja, gut. Geschenk auspacken. »Packen Sie möglichst früh vor Ihren Gästen die Geschenke aus, wenn es nicht zu viele sind«, so hatte ich das aufgeschrieben.

Das Geschenk, das sie für mich gekauft hatten, lag auf der Kommode, neben dem Putzeimer. Ich drehte ihm den Rücken zu, während ich auspackte. Macht man das schnell oder langsam? Ich entschied mich für langsam, ich dachte an das Essen, das viel zu schnell zu Ende gewesen war, und an die unbekannten Größen. Frederike sagte ungeduldig: »Nun mach schon, das ist Papier, keine Rohseide«, und mir fiel vor Aufregung das Geschenk runter. Es klirrte. Ich hätte gerne auf eine Pausetaste gedrückt.

Gott sei Dank war nichts kaputt, sie hatten mir ein Cocktailbuch geschenkt und einen Shaker. Und mich damit daran erinnert, daß ich nur Rotwein gekauft hatte. »Toll«, sagte ich, »super«, sagte ich, »ganz klasse«, sagte ich und überlegte, ob es schlimmer ist, sich zu lange zu bedanken oder zu kurz.

Holger setzte sich an mein Klavier, und alle sangen *Happy Birthday* für mich. Einmal. Zweimal. Als Holger ein drittes Mal anstimmte, sagte ich schnell: »Nein, nein, ist schon gut jetzt.« Sie schauten mich an, als hätte ich was Falsches gesagt. Dabei wollte ich doch nur nicht, daß sie sich langweilen.

Dann spielte Holger Lieder von Leuten, die ich nicht kannte, aber ich hatte das Gefühl, sie würden zu meinen Möbeln passen. Claus tanzte, und alle sahen ihm zu. So was kenne ich nur aus den Aufzeichnungen von Rockkonzerten, und da kriegt meistens irgendeiner einen Kreislaufkollaps.

Gegen eins gingen Frederike und Thomas in die Küche, und ich hörte, wie sie die Tür abschlossen und kurz danach etwas herunterfiel. Beunruhigt stapelte ich schmutzige Teller aufeinander, ich hätte die Gläser gleich in die Spülmaschine stellen müssen und nicht auf den Tisch, dann wäre das nicht passiert. Jetzt konnte ich auch nicht mehr an mein Ringbuch, dabei hätte ich noch dringend »Bücherregal ordnen und schöne Bildbände nach vorne stellen« draufschreiben wollen. Auch die Salzstangen mußten neu organisiert werden: Sie glänzten überhaupt nicht wie lackiert, nicht wie in den Partybüchern. Stumpfbraune, abgebrochene Zweige.

Plötzlich brüllte Theo. Ich war ihm auf die Hand getreten. Er saß mit Holger, Elisabeth und Steffi im Kreis auf dem Teppich, sie versuchten, die Haare auf meinem Flokati zu zählen. Ich rannte in die Küche, um Eiswürfel zu holen, aber die Tür war immer noch abgeschlossen. Ich rüttelte an der Klinke und sagte, daß ich Theo auf die Hand getreten wäre und Eiswürfel bräuchte. Kurz war Stille, und dann sagte Frederike, das ginge jetzt nicht, und Theo sollte sich nicht so anstellen. Ich rannte ins Wohnzimmer zurück. Theo saugte an seiner Hand und murmelte, daß es nett wäre, wenn ich nächstes Mal keine Stöckelschuhe tragen würde. Claus sagte, das fände er nicht. Theo sagte, Claus wäre nicht objektiv.

Ich ging aufs Klo, um mich zu konzentrieren. Keine Stöckelschuhe, gut, natürlich. Ich wollte allein sein. Sie sollten gehen. Alle. Theo blutete, weil ich ihm auf die Hand getreten war. Ich hatte keine Pflaster. Pflaster. Das Ringbuch war in der Küche. Mein Bruder hatte recht gehabt.

Ich mußte wieder ins Wohnzimmer, wieder zurück. Sie saßen immer noch auf dem Teppich und zählten die Flokatihaare. Als Theo einmal laut lachte, weil Steffi ihm ihren Rotwein über den Kopf schüttete und sagte, er hätte geschummelt, atmete ich auf. Theo hatte gelacht. Vielleicht war das mit seiner Hand schon wieder in Ordnung.

Dann sah ich, wie Elisabeth die Teppichhaare sanft mit den Fingern durchkämmte wie eine Friseuse.

»Was denkst du?« fragte Claus, der plötzlich neben mir saß, direkt in mein Ohr.

»Staubsaugen«, murmelte ich, »ich muß unbedingt noch staubsaugen.«

Gegen zwei klingelte der Mann, der unter mir wohnt. Ich vermute, weil Thomas im Badezimmer ewig duschte. Ich hatte ihn schon über eine Stunde nicht gesehen, sollte ich mir Sorgen machen? Ich drehte die Musik – wir waren gerade bei dem bunten Salzstangen-Strichcode – ein bißchen leiser und stellte kurz erfreut fest, daß sie damit wieder im Plan lag. In der Küche wischte Frederike mit einem Stück Küchenpapier meinen Tisch ab.

»Laß das doch«, sagte ich schnell, »das kann ich doch machen. War er schmutzig? Das tut mir leid. Vorher stand ja der Putzeimer kurz drauf, vielleicht waren da unten Flusen dran.«

»Nein, nein, ist schon okay«, sagte sie, drehte sich schnell weg und stopfte das Papier in den Mülleimer, fest und tief. Der Mülleimer mußte voll sein. Ich durfte zwischendrin nicht vergessen, ihn auszuleeren. Vielleicht könnte ich eine große Mülltüte in die Abstellkammer stellen, ja, das würde gehen.

Als dann schließlich noch Polizei kam, war ich auch nicht da. Dabei war es meine Schuld, ich war es, die darauf hätte achten müssen, daß es nicht zu laut wird. Ich hatte doch den Plan. Die anderen können nichts dafür. Aber ich konnte sie nicht in Schutz nehmen, weil ich gerade mit Claus unterwegs war, um ihm den Weg zur nächsten Tankstelle zu zeigen. Er sagte, der Wein wäre alle. Mist, ich hatte zuwenig Wein gekauft. Wein. Natürlich. Und an der Kasse mußte Claus zahlen, weil ich nicht genügend Geld dabei hatte. Ich habe ihm gesagt, ich zahle es ihm sofort zurück, wenn ich auf der Bank war. Er wollte aber nicht. Wahrscheinlich tat ich ihm leid. Der Wein, den er gekauft hatte, war teurer als meiner.

Es war nach fünf, als sie gegangen sind. Ich bin sofort ins Bett, und die Augen habe ich hinter mir zugemacht wie eine Tür. Am nächsten Morgen wollte ich das Mineralwasser aus dem Wohnzimmer holen. Ich zögerte an der Tür und wünschte mir, sie hätte einen Glaseinsatz, damit ich erst reinschauen könnte, wie in ein Aquarium. Ich trank Wasser aus dem Hahn in der Küche und holte das Ringbuch hinter dem Toaster hervor. Die Schrift war krakelig und groß, viel größer, als ich sonst schreibe. Hinter fast jedem Satz stand ein Ausrufezeichen. Lang wie eine Salzstange. Vasen also, gut, Aschenbecher, ja, und zusätzlich zu einer neuen Sorte Salzstangen noch Erdnußflips. Weil alle ganz lange über die Geschichte gelacht haben, die Claus über die aufgeweichten Erdnußflips erzählte, die sie sich im Zeltlager gegenseitig in die Schlafsäcke gesteckt hatten. Außerdem: die Tür zur Abstellkammer abschließen, weil sie leicht mit der Toilette verwechselt werden kann. Ich tat es gleich und stellte fest, daß noch ein ganzer Karton Rotwein in der Kammer stand. Seltsam. Ich war mir sicher, ich hätte sie alle neben dem Kühlschrank gestapelt. Egal, der Block war jetzt bis zur letzten Seite gefüllt. Ich war stolz, er war mein Handbuch, und wenn ich ein Handbuch habe, kann ich alles.

Frederike rief an, als ich gerade dabei war, die letzte Seite durchzuarbeiten.

»War ein klasse Fest«, sagte sie und gähnte, »danke, ganz ehrlich, hätten wir dir gar nicht zugetraut.«

»Ja«, sagte ich und kämmte mit den Hausschuhen aufgeregt durch die Teppichfransen. »Ja?«

»Thomas und Theo haben sich übrigens krank gemeldet.«

»Wegen seiner Hand?« Ich hätte doch die Eiswürfel holen müssen. Mist.

»Nein«, sagte sie und fing an zu kichern, »ich glaube nicht unbedingt wegen seiner Hand.«

Mir fiel da noch etwas Wichtiges ein: »Du, ich hatte übrigens tatsächlich noch einen ganzen Karton Rotwein. Der stand in der Abstellkammer. Ich hatte gar nicht zuwenig gekauft.«

»Tatsächlich?« fragte sie gedehnt, »wie kommt die wohl dahin? Dann ist der arme Claus ja ganz umsonst mit dir zur Tankstelle gefahren. Das wird ihn natürlich schwer ärgern.«

Sie seufzte tief und fing gleich wieder an zu lachen.

»Ja«, sagte ich, »das tut mir auch leid.«

Jetzt klang es so, als hätte sie sich verschluckt.

Was ich morgen machen würde, fragte sie dann, an meinem Geburtstag. Wegfahren vielleicht?

»Nein, nein«, sagte ich, hörte mit dem Kämmen auf und setzte mich aufrecht hin. »Ich wollte euch heute sowieso alle noch mal anrufen. Und euch zu meiner Geburtstagsfeier einladen. Ich gehe auch gleich los jetzt, mehr Vasen kaufen, aber ihr müßt natürlich keine Geschenke mehr mitbringen. Und andere Salzstangen natürlich, klar. Um acht dann wieder, ja?«

Ich hörte, wie Frederike den Hörer vom Ohr nahm und in den Raum hinter sich brüllte: »Hey, alle mal herhören. Rosalie, die Gute, hat uns gerade für morgen zu ihrem Geburtstag eingeladen.« Ich hörte Johlen wie auf dem Fußballplatz. »Weil, sie macht nämlich eine Party!«

Lautes Gelächter jetzt.

Claus nahm dann den Hörer und sagte mit ganz tiefer Stimme: »O ja, war ja auch ein echtes Begräbnis gestern, wie konnten wir das nur mißverstehen.«

Mir wurde schlecht.

»Dieses Mal wird alles klappen«, flüsterte ich, »ganz bestimmt.«

Frederike nahm Claus das Telefon wieder weg, sie lachte immer noch. »Wann hast du eigentlich gestern aufgehört zu trinken?« fragte sie.

Bevor ich etwas sagen konnte, seufzte sie und meinte: »Aber du, ich muß jetzt wieder. Wir sehen uns ja dann am Montag, wenn du wieder arbeitest. Hab einen schönen Geburtstag, und geh jetzt erst mal ins Bett, okay? Ach so, die anderen sind auch gerade hier. Viele Grüße.«

Sie hat dann aufgelegt. Ich habe niemanden mehr angerufen. Ich saß neben dem Telefon und kämmte mit den Hausschuhen die Teppichfransen, die immer noch keinen Knoten hatten. Die Fransen rissen in Büscheln aus, großen Büscheln. Ich hörte nicht auf. Ich würde nie mehr aufhören.

Und führe uns in Versuchung, bitte

»Nein, nein, nein«, sagt Ella, »unkeusche Gedanken hatten wir doch schon vor zwei Wochen.« Jedes Nein hämmert sie mit ihrem Stock in die Dielen. Der Boden muß genagelt sein mit Ellas Neins. Ich versuche, auf dem Weg zum Fernseher nicht draufzutreten. Auf dem Zweiten kommt Fußball. Deutschland stellt Argentinien ein Bein, und als ich mich zu ihr auf das Sofa setzen will, rutscht Ella nicht.

Ich sage: »Was mit Nächstenliebe vielleicht?«

Ella tut so, als hätte sie mich nicht gehört. Leute zu überhören ist das, was bei Ella Großzügigkeit noch am nächsten kommt. Dann schaltet sie um. Schulfernsehen im Dritten, *Chemie II*, eine Versuchsreihe. Wir sehen schweigend zu, bis aus dem Glaskolben eine rote Flüssigkeit dampft. Ella klopft mit ihrem Stock einen nervösen Dreivierteltakt in den Boden.

»Ellaaaa«, sage ich und zeige auf den kleinen Teppichvorleger neben dem Sofa, den wir extra besorgt haben, damit sie darauf rumklopfen kann. Wegen der Nachbarn. Sie ignoriert ihn. Ella klopft ständig, und normalerweise fällt es mir nur noch auf, wenn sie es nicht tut. Es ist die Filmmusik zu ihren Gedanken. Ich würde mich gerne setzen, aber neben Ella ist zuviel Wut.

»Die Flüssigkeit da hat genau die Farbe von dem Kleid mit den schwarzen Schnallen vorne dran. Das, das du im Schrank hängen hast«, sage ich schließlich versöhnlich.

Ella schaut mich an und greift nach ihrem Notizblock, der auf dem Fernsehtisch liegt: »Mariechen«, murmelt sie glücklich, »das ist gut. Unbotmäßiger Luxus und Eitelkeit.« Dann schiebt sie beiläufig mit dem Fuß den kleinen Teppichvorleger unter den Stock. Das ist das, was bei Ella Anerkennung noch am nächsten kommt.

Sie drückt mir ihren Stock in die Hand, damit sie es aufschreiben kann, schaltet den Fernseher aus und rutscht ungeduldig auf dem Sofa ein Stück nach rechts. »Nun setz dich doch endlich. Wir müssen uns konzentrieren«, sagt sie streng, »heute ist schon Mittwoch, und wir haben nur noch zwei Tage Zeit.«

Jeden Freitag kommt Pfarrer Eckermann zu uns, um uns die Beichte abzunehmen, weil dieses ganze Treppensteigen und die Fahrt in die Kirche für Ella und mich zu beschwerlich geworden ist. Aber was in Wahrheit beschwerlich geworden ist, ist das Sündigen. Und deshalb auch das Beichten.

Früher, da konnten wir wie nebenbei sündigen, mit Leichtigkeit. »Wie die Karnickel«, sagt Ella, und es klingt zufrieden. Ja, Ella vor allem, vermute ich. Aber früher, da ging das nicht anders. Irgendwie klebte an den Dingen, die wir einfach tun mußten, immer ein teures Preisschild. Jetzt ist es anders. Als würden wir jetzt billiger leben.

Früher sind wir auch jeden Freitag zur Beichte gegangen, und das war auch schwierig, aber nur deshalb, weil wir vorher eine Auswahl treffen mußten. Meistens haben wir uns eine Stunde vor der Beichte an der Klostermauer getroffen. Ganz sachlich haben wir über unsere Sünden geredet wie über verdorbene Lebensmittel. Was noch zu retten ist, was nicht, was gleich wegmuß und was sich vielleicht noch eine Woche hält. Danach haben wir immer geraucht, weil uns schlecht war und auch, weil wir wußten, daß uns noch nicht schlecht genug war.

Früher haben wir nur die wirklich schlimmen Dinge gebeichtet, also »beim Rauchen aus Versehen die Scheune angezündet« und »im Zug die Notbremse gezogen, damit wir nicht so weit nach Hause laufen müssen«. Ella hat immer geglaubt, daß Beichten ähnlich funktioniert wie das Strafgesetz: Wenn du eine Torte klaust, auf der Flucht ein Auto aufbrichst und dann jemand umfährst, wirst du auch nicht wegen der geklauten Torte und des aufgebrochenen Autos und des toten Umgefahrenen verurteilt, sondern nur wegen des toten Umgefahrenen. Der Rest ist quasi inklusive. »So ein bißchen wie Mengenrabatt«, sagt Ella. Sie ist später Anwältin geworden, eine ziemlich gute, glaube ich.

Es ist nicht so, daß wir uns etwas darauf einbilden würden, nicht zu sündigen, wir kommen nur so mühsam in Versuchung. Ella sagt, von uns aus könnte man den Passus im Vaterunser auch streichen.

»Paß auf, was du sagst, das ist Gotteslästerung«, mahne ich.

Sie schaut mich an und grinst und macht sich auf dem kleinen Schreibblock eine neue Notiz. »Sehr gut, Mariechen«, sagt sie und nickt langsam und zufrieden, »sehr gut.«

Wir kaufen jedes Weihnachten Bürsten und Weihnachtskarten von frierenden Menschen, die an unserer Tür klingeln, wir haben beide Patenkinder in Afrika, deren Briefe wir nicht lesen können, wir schreiben Geburtstagskarten an unsere Enkel, deren Briefe wir lesen könnten, wenn sie welche schreiben würden, wir beten, wir vergeben dem Postboten, wenn er wieder nicht zu uns in den sechsten Stock kommt, und wir vergeben den Studenten unter uns, wenn sie wieder so laut Musik hören, daß das Wasser in meiner Wärmflasche hin und her schwappt und ich aufwache, weil meine Füße wackeln. Das heißt, *ich* vergebe den Studenten, Ella tut sich ein bißchen schwerer. Sie sagt: »Das ist keine Kunst, wenn man so schwerhörig ist wie du.«

Ich habe immer gesagt, daß es die größte Sünde ist, den Pfarrer anzulügen. Aber Ella schüttelt nur den Kopf und meint, daß es auch darum geht, dem Pfarrer ein gutes Gefühl zu geben. »Und wenn man jemand ein gutes Gefühl gibt, zumal einem Pfarrer, kann das keine Sünde sein.« Ich will dem Pfarrer gern ein gutes Gefühl geben, o ja, aber ich hätte einfach gerne, daß er damit einverstanden ist.

»Und einen Pfarrer anzulügen, dafür kommt man in die Hölle«, sage ich und ärgere mich, daß Hölle so ein kurzes Wort ist, weil man es gar nicht richtig dramatisch betonen kann. Dabei will ich, daß Ella endlich einmal Angst kriegt, damit sie mich versteht. Einmal habe ich sie geschüttelt, richtig, an den Schultergelenken. »Luzifer«, habe ich gesagt, »weißt du nicht mehr, und Judas und die Pharisäer.« Ganz viele Namen habe ich ihr genannt, ganz viele Beispiele, aber sie hat mich nur verwundert angeschaut. Für Angst war Ella irgendwie nie zuständig.

Als ich fertig war, hat sie sich entspannt zurückgelehnt und fast genüßlich wiederholt, was ich gesagt habe. »Die Hölle, ach ja.«

Ella redet gern über die Hölle, und immer klingt es ein bißchen angeberisch. Sie tut so, als wäre sie schon dagewesen. Und der Ton, in dem sie von roten Teufeln und heißen Mistgabeln erzählt, ist genau derselbe, in dem sie immer die Geschichte erzählt, wie sie 1949 mit einem westfälischen Pianisten durchgebrannt ist. Und wie sie dann in seinem kleinen westfälischen Dorf festsaß und rausgefunden hat, daß er gar kein Pianist ist, sondern Metzger, der nur zwei Stücke spielen kann, nämlich einen Walzer von Chopin und was von Bach, und wie sie dann zu ihren Eltern zurück ist und wie die sie dann mit Schimpf und Schande wieder aufgenommen haben. Mit Schimpf und Schande. Dieses Wort kommt jedesmal in Ellas Geschichte vor. Sonst ist sie immer ein bißchen anders, außer im Ton, wie gesagt, der ist auch immer der gleiche.

Wenn sie so weit mit der Geschichte ist, habe ich immer schon resigniert, und weil es dazugehört, frage ich sie, ob ihr das nicht aufgefallen ist, daß der Liebhaber nur zwei Stücke spielen kann. Dann lacht sie wie JR bei *Dallas*. Sie sagt auch, daß sie es gebeichtet hat, das mit dem westfälischen Metzger, schließlich waren sie nicht verheiratet. Und ich glaube es ihr, schon allein deshalb, weil es nach Ellas Auffassung von Beichte und Strafgesetz bedeutete, daß sie dafür vermutlich um die fünfzig kleinere Sünden unterschlagen hat.

Wir sind beide katholisch. Wie sehr? Wenn ich Ella mit drei Wörtern beschreiben müßte, würde ich sagen, daß sie dünn ist, rote Haare hat und katholisch ist. So katholisch ist Ella. Und ich bin es auch.

Ella sagt, daß es sehr edel von uns ist, zu beichten, obwohl wir nichts zu beichten haben. Das wäre dann so, als würden wir dem lieben Gott einen Blankoscheck geben, denn ein paar Rechnungen – »du erinnerst dich bestimmt, meine Liebe« – wären da ja schließlich schon noch offen.

Manchmal denke ich deshalb, daß es schade ist, daß wir nicht mehr die alten, ungebeichteten Sünden auftragen können, die wir damals an der Klostermauer aussortiert haben. Aber jetzt, jetzt passen sie nicht mehr. Ella nickt. »Was für eine Verschwendung«, sagt sie und seufzt müde. Sie sieht traurig aus und sagt eine ganze Weile nichts. Selbst ihren Stock hat sie zur Seite gelegt, und das ist nicht gut, das ist wie ein Stecker, der neben der Buchse liegt.

»Na?« locke ich und halte ihr den Notizblock hin, »Verschwendung, wie wäre es damit?« Ella schüttelt den Kopf und bückt sich nach ihrem Stock: »Das war vor drei Wochen«, murmelt sie. »Wir haben vor drei

Wochen Verschwendung gebeichtet. Wo hast du nur deinen Kopf?« Jetzt ist sie wieder böse, und das ist auch schon mal was.

Fluchen ist was für Anfänger, das hat Ella schnell festgelegt. »Der Pfarrer kommt jeden Freitag den ganzen weiten Weg hierher, da müssen wir ihm auch was bieten«, sagt Ella, »sonst ist es so, als würden wir die Feuerwehr rufen, obwohl nur eine Kerze brennt.« Seit etwas über zwei Jahren besucht uns der Pfarrer jede Woche, und seitdem ist Ella auf der Suche nach der perfekten Sünde. Ich meine nicht Mord oder so etwas. Sie sucht die Sünde, die so einzigartig ist und trotzdem so perfekt zu ihr paßt, daß sie sie nicht einmal mehr begehen muß.

Ich glaube, der Unterschied zwischen Ella und mir besteht darin, daß ich in dieser einen Woche, in der wir uns unsere Sünden ausdenken, wirklich mein Gewissen erforschen will. Aber bei Ella befürchte ich, daß es ihr sogar Spaß macht. Wir gehen unseren Haushalt Stück für Stück auf der Suche nach Sündigem durch, vom Putzmittel angefangen, das ein bißchen zu chemisch ist. Ich schaue Ella an. Ella wiegt den Kopf und klopft langsam auf die Dielen.

»Was ist mit der Putzhilfe? Zahlen wir der genug?« frage ich.

»Die zahlt das Sozialamt«, sagt Ella.

»Aber zahlt ihr das Sozialamt genug?«

Ella macht sich eine Notiz, dann schüttelt sie den Kopf: »Wir können nicht für das Sozialamt mitbeichten«, seufzt sie und streicht alles wieder durch, »das glaubt uns keiner.«

Eigentlich sprechen wir alles vorher ab. Damit es ausgewogen ist, sagt Ella. Ich will immer die leichten Sachen. Und ich lasse auch immer Sachen weg. Das sind meistens die, die sich Ella ausgedacht hat, aber die passen mir nicht, die sind mir zu groß, aber das sage ich ihr nicht. Ella wundert sich immer, warum ich schneller fertig bin als sie. Ella ist immer ganz lange mit dem Pfarrer im Schlafzimmer, und ich denke jedesmal, daß ich nächste Woche nicht so feige sein werde.

Letzte Woche hatte sie noch einen Trumpf im Ärmel. Sie sagt, es sei ihr ganz kurzfristig eingefallen, weil der Pfarrer nach Fisch gestunken hat. »Er hat ganz große Augen gekriegt«, erzählt sie stolz und macht dann eine Pause. Sie hat »im Supermarkt vom Fischfilet den Preis abgemacht und durch das Preisschild von Fischstäbchen ersetzt« gebeichtet. Ich werde ein bißchen neidisch, weil das eigentlich meine Art von Sünde ist. Ella beichtet viel lieber so Sachen wie »das Männermagazin aus dem Postkasten der Studenten geklaut«, aber das würde ich nie. Und das mit den Fischstäbchen ist sogar eine doppelte Lüge, weil Ella gar keinen Fisch mag. Aber sie hat nur mit den Schultern gezuckt und gesagt: »Na und?«, dann hätte sie schon was, was sie nächste Woche beichten kann. Ich bin schlafen gegangen, weil ich dachte, dann könnte ich schneller aufhören, sie zu hassen. Und Pfarrer Eckermann hat gar nicht nach Fisch gestunken, das weiß ich genau.

Pfarrer Eckermann ist schon ein bißchen älter, und vielleicht wird er sich bald mit dem Treppensteigen so schwertun wie wir. Wenn er an der Wohnungstür klingelt, bin immer ich es, die aufmacht. Sein rechter Ärmel glänzt manchmal ein bißchen feucht, da, wo er sich den Schweiß von der Stirn gewischt hat, und das sieht man, obwohl er immer Schwarz trägt. Und ich mag es, als hätte ich etwas entdeckt, was ich nicht hätte sehen sollen.

Ich bin gerne die erste, die er begrüßt. Man wird mehr begrüßt, wenn man sich direkt gegenübersteht, selbst wenn man sich nur die Hand gibt. Ella sitzt immer auf dem Sofa. Aber da ist zuviel drum herum, und die Möbel kriegen auch was ab und der Teppich und überhaupt, denke ich. Ella ist das gleich. Wenn es klingelt, schlägt sie die Beine übereinander, obwohl sie weiß, daß das Blutstau gibt, und es sonst auch nie tut. Das ist so dumm von ihr, und es macht mich immer wütend.

Wenn Ella im Wohnzimmer sitzt und wartet, bis der Pfarrer die sechs Stockwerke geschafft hat, öffne ich leise die Tür und höre, wie er auf dem letzten Absatz im Treppenhaus eine Pause macht, um sich das Bild im Flur anzuschauen. Es ist ein Blumenkorb, ich habe ihn gemalt. Jede Woche, immer donnerstags, dann kann freitags noch kein Staub drauf sein, hänge ich einen neuen Blumenkorb auf. Wenn der Pfarrer lange stehenbleibt, stelle ich mir vor, daß ihm das Bild gefällt und daß es ihm gar nichts ausmacht, daß wir ihn belügen, weil er nur wegen des Bildes herkommt. Ich hänge nur die Bilder auf, die in den großen Goldrahmen passen.

Er sagt nie etwas zu den Bildern. Aber das ist nicht

schlimm. Vielleicht will ich das auch gar nicht. Ich möchte nicht, daß er etwas über mich weiß, weil ich dann überlegen muß, was er noch über mich weiß. Und dann müßte ich überlegen, ob es das Richtige ist.

Ich kann nicht mehr malen, die Finger sind steif geworden wie Pinselstiele. Aber ich habe viele Bilder. Blumenkörbe, obwohl ich noch nie Körbe mit Blumen drin gesehen habe, aber ich male so gern das Geflochtene. Blumen mag ich nicht, die sind schwer. Aber in dem Geflochtenen bin ich richtig gut, danach will ich immer aufhören und was neues Geflochtenes anfangen, aber das mache ich nicht. Ella sagt, ich solle den Korb so groß malen, daß nur noch die Blumenstengel draufpassen, aber das wäre nicht richtig, das weiß ich genau.

Dann ist Freitag, und Ella hat schlechte Laune. Das merke ich, weil die Studenten klingeln. Das bedeutet, daß Ella offensichtlich wieder stundenlang mit dem Stock auf die Dielen geklopft hat. Wenn sie wütend ist, hämmert sie so schnell, als wollte sie etwas totklopfen. Wenn sie nachdenkt, klopft sie langsamer und gezielter. Dann klingt es wie Wiederbelebung. Sie öffnet die Tür und sagt den Studenten, sie sollen sich nicht so haben, und das kommt nur, weil sie sich das Rauchen abgewöhnt hat, und sie sollten froh sein darüber, weil sie jetzt länger lebt und deshalb länger dafür beten kann, daß dem Polizisten aus dem dritten Stock nicht der Haschgeruch im Treppenhaus auffällt. Dann macht sie die Tür zu, setzt sich aufs Sofa und kritzelt etwas in ihren Block. Sie sieht zufrieden aus.

So was sagt Ella immer, und ich höre es von der Schlafzimmertür aus mit. Aber ich zeige mich nie. Sonst würden die Studenten denken, daß ich es auch denke, nur weil ich neben Ella stehe. Ich weiß gar nicht, was ich denke, aber ich mag Ella – weil sie ungefragt Dinge für mich regelt, von denen ich mir einreden kann, daß ich sie nur nicht mehr kann, weil ich alt bin, obwohl ich sie in Wahrheit nie konnte.

Aber ich frage mich schon, woher Ella weiß, wie Hasch riecht.

Ella geht ins Schlafzimmer, und als sie zurückkommt, trägt sie das rote Kleid. Jahrelang hat sie das nicht mehr angehabt. Es ist das Kleid mit den schwarzen Schnallen dran, die klacken, wenn man sie auf- und zumacht, und weil man dann hinschaut, wenn Ella das tut, machen sie das Kleid noch röter. Ella kann dieses Kleid nicht tragen, ohne die Schnallen auf- und zuzumachen.

»Wie findest du es?« fragt sie und streicht mit der rechten Hand vorsichtig über den Rock. Zärtlich war das. Ella ist also zärtlich. Nein, nein. Ella ist niemals zärtlich.

»Warum ziehst du es ausgerechnet heute an?« Ich verstecke die Hände in meinem Kleid, das ich vorhin gebügelt habe und das ich trage, weil heute Freitag ist. Es ist auch rot, mit kleinen Blumensträußen. Aber es hat keine Schnallen, die es roter machen. Und im Gegensatz zu Ella habe ich es heimlich und behutsam eingeführt, in Ellas Gedächtnis und in meins. Habe es mittwochs getragen und auch sonntags. So, daß es nicht auffällt, daß es in Wahrheit ein Freitagskleid ist.

»Heute ist doch Freitag«, sagt sie und schaut erstaunt.

Ich gehe in die Küche, und sie läuft mir hinterher. Ich mache den Wasserhahn auf und wieder zu. Es ist nicht mal Geschirr zum Abspülen da. Und ich weiß auch warum: Heute ist Freitag.

Ella ist es nicht gewohnt, daß ich ihr nicht antworte. »Was hast du denn?« fragt sie verwirrt, »soll ich etwa unbotmäßigen Luxus beichten und dabei eine Strickjacke tragen?«

Dann schüttelt sie den Kopf, und dann klingelt es, und als ich auf den Türöffner drücke, weiß ich, daß es heute sein wird. Der Knopf drückt sich fast von selbst, so viel Kraft habe ich plötzlich. Es ist nicht Ellas Schuld, daß es heute passieren wird. Es ist ihr Verdienst.

Als er die Stufen heraufkommt, gehe ich ins Bad, schließe die Tür ab und werfe den Schlüssel hinter den Toilettenkasten. Da komm ich nur wieder ran, wenn ich mich bücke und hinknie, und das dauert eine Weile. Gut. So werde ich nicht in Versuchung kommen, doch noch im Flur auf ihn zu warten, damit ich höre, wie er mein Bild anschaut, damit ich ihm als erste die Hand geben kann und sehen, daß sein Ärmel ein bißchen feucht glänzt oder daß wieder ein Zitronenbonbonpapier aus seiner Tasche fällt. Ich weiß, daß ich all das als Zeichen deuten würde, weil ich mir so sehr ein Zeichen wünsche.

Ella geht mit dem Pfarrer ins Schlafzimmer, und erst dann suche ich den Schlüssel. Als sie fertig ist, komme ich aus dem Bad. Sie flüstert mir etwas zu von

Haschisch und kichert, und durch den Türspalt im Schlafzimmer sehe ich, wie sich der Pfarrer, der an dem kleinen Tisch sitzt, mit dem Ärmel die Stirn abwischt. Ella sieht es auch.

»Versuch mal, das zu schlagen, Mariechen«, sagt sie freundlich und geht in die Küche, um Kaffee zu kochen. Der Pfarrer bleibt hinterher immer noch auf eine Tasse Kaffee.

Es ist ein bißchen dunkel im Schlafzimmer. Dunkel wie im Beichtstuhl. Immer sind die Gardinen zugezogen, und ich weiß nie, ob Ella das macht oder der Pfarrer. Ich vergesse immer, sie zu fragen. An der Wand hängt das Bild mit dem großen Korb voller gelber Tulpen. Tulpen sind leicht. Ich setze mich an den kleinen Tisch, und der Pfarrer fragt, wie es mir geht, was ich nicht will, weil es doch kein Gespräch ist, sondern eine Beichte. Heute.

»Vater«, sage ich, »ich habe gesündigt.« Und dann sehe ich, wie der Augenblick heranrollt wie eine Welle, und dann tue ich es doch nicht, weil ich zu lange gewartet habe und der Augenblick schon wieder vorbei ist. Also erzähle ich ihm, daß ich nur drei anstatt der fünf aufgegebenen Ave Marias gebetet habe. Und nicht mal in aller Stille, sondern in der *Glücksrad*-Werbepause. Und dann weiß ich plötzlich nicht mehr, ob das die Sünde von letzter Woche war. Aber den Rest, den Ella und ich uns für mich ausgedacht hatten, den habe ich vergessen. Sie wird böse sein. Mir fällt ein, daß ich sie nie gefragt habe, ob ihre Theorie von Beichte und Strafgesetz auch andersherum funktioniert. Daß man nicht eine große Sache beichtet und dafür kleinere unterschlägt, sondern daß man ganz viele kleine beichtet – und dafür die eine große verschweigen kann.

Pfarrer Eckermann erteilt mir die Absolution für die Dinge, die ich nicht getan habe, und weil ich nicht wie sonst gleich danach aufstehe und zur Tür gehe, fragt er: »Haben Sie noch etwas auf dem Herzen?«

Ich schaue das Bild mit den Tulpen an. Tulpen sind leicht, denke ich. Und dann sage ich es und schaue ihn nicht an dabei. Rede drei Minuten, fünf Minuten, und noch während des letzten Satzes drehe ich mich um und gehe zur Tür und dann direkt ins Bad. Die Badtür brauche ich nicht abzuschließen, ich weiß, daß ich nicht hinausgehe, wenn er noch da ist. Er kommt nicht gleich, aber schließlich höre ich doch, wie er sich von Ella verabschiedet. Nein, er habe leider keine Zeit mehr auf einen Kaffee.

Als er weg ist, mache ich die Tür auf, und wie Ella so mit der viel zu großen Kanne im Wohnzimmer steht, sehe ich, wie enttäuscht sie ist. Aber dann zerrt sie mich an den Tisch, drückt mich in den Stuhl und schenkt mir Kaffee ein.

»Na?« sagt sie aufgeregt und faltet gespannt die Hände, »jetzt zier dich noch nicht so. Wie war's?«

Das fragt sie immer, sobald der Pfarrer weg ist. Es erinnert mich an die Spielanalyse beim Fußball, die sie manchmal im Fernsehen zeigen. Und ich glaube, daß es Ella schade findet, daß wir – aus der Natur der Sache heraus – nicht alles auf Video aufnehmen können und dann richtig analysieren.

Sonst sage ich: »Ach, es war ganz in Ordnung«,

und dann gehe ich immer ins Schlafzimmer, weil ich das Kleid ausziehen will, das plötzlich nicht mehr paßt. Aber dann tue ich es doch nicht, damit es Ella nicht auffällt, daß es gar kein Freitagskleid ist, nicht mal das, sondern ein Freitagsviertelstundenkleid.

Aber heute, heute bleibe ich sitzen und höre mir an, wie Ella das Geräusch nachmacht, das der Pfarrer von sich gegeben hat, als sie ihm erzählt hat, daß sie ganz gerne mal Hasch raucht: »Der hat ganz schnell die Luft eingezogen, schau mal, sooooo, als wäre seine Nase verstopft. Aber dann war es ihm unangenehm, daß ich ihn aus der Fassung gebracht habe, und er hat nach seinem Taschentuch gesucht und sich geschneuzt. So was.« Ella kichert. »Dabei war der gar nicht erkältet. Oder?«

»Nein, ich glaube nicht.«

Ich muß es Ella sagen. Spätestens am Montag wird die Gemeindehilfe anrufen und uns mitteilen müssen, daß Pfarrer Eckermann leider nicht mehr zu uns kommen kann.

»Ich hab gesagt, daß ich ihn liebe«, sage ich, als Ella gerade Kaffee trinkt. »Ich habe ihm gesagt, daß ich ihm nur den Mantel abnehme, damit ich mein Gesicht darin vergraben kann, und daß du immer als erste beichtest, damit ich länger etwas von dem Mantel habe. Daß ich das Zitronenbonbonpapier aufbewahre, das ihm manchmal aus der Tasche fällt, und daß ich ihn küssen möchte. Nur einmal.«

Ella und ihr Stock schweigen.

Es tut mir leid, will ich sagen, bitte, Ella, ich habe alles verdorben, dein Spiel, ich weiß, ich mußte es tun, ich konnte nicht mehr. Und dann hattest du auch noch das rote Kleid an, das mit den Schnallen, und da dachte ich kurz, daß du, also. Es tut mir so leid, will ich sagen. Bitte, Ella. Aber ich sitze nur da und sage es nicht.

Ella hustet.

»Du hast gewonnen«, sagt sie schließlich heiser, »du hast wirklich gewonnen.«

»Was?«

»Mein Gott«, sagt Ella. »Ich bin verdammt neidisch. Wie ist dir das bloß eingefallen?«

Das Fenster im Filter

Das ganze Treppenhaus ist tätowiert mit Mustern und Wörtern, vom Erdgeschoß bis zum Dachstuhl. Wenn Leute ein Haus gern haben, dann vertrauen sie ihm an, wen sie lieben und wen nicht.

Der Elektrotechniker erklärte es mir mit dem Stolz eines Gastgebers, als er vorsichtig eine rote Glühlampe aus der Schachtel hob und sie mir zum Halten reichte. Er bückte sich, um die leere Schachtel auf den Boden zu stellen, dann nahm er die Glühlampe in vier Finger. Vorsichtig bot er das Gewinde der Fassung an, variierte millimeterweise, als beide sich nicht fügten, bot wieder an und lächelte dabei. Dann drehte er die Lampe ein.

Er weiß, es ist sein Haus, obwohl es ihm nicht gehört.

Zwischen den Graffiti brennt nachts an der Hauswand eine Zigarette. Es ist die größte Leuchtreklame der Stadt und die älteste. Das sagen die Stadtführer den Touristen. Die stehen nachts vor dem Haus und machen Fotos, auf denen das dunkle kleine Haus fast nicht zu sehen sein wird.

Es ist eine riesige Zigarette, die aus 3367 Glühbirnen zusammengesetzt ist: braune für den Filter, eine Sonderanfertigung, und weiße für den Rest. Der Elektrotechniker ärgert sich, wenn ich den Rest einen Rest nenne. Deshalb hat er tagelang in Tabakläden nachgeforscht und Briefe mit zwei amerikanischen Tabakplantagen gewechselt, um den korrekten Ausdruck zu finden, den er suchte. Wie ein Liebender einen Kosenamen. Aber es gibt ihn nicht. Deshalb nennt der Elektrotechniker den Rest jetzt »das Bein«. Wenn sich zwei Zigaretten aneinander reiben, hört man das gleiche trockene Knistern wie bei Frauenbeinen in Nylonstrümpfen, erklärte er mir so selbstverständlich, als handelte es sich um eine gewöhnliche wissenschaftliche Beweisführung.

Weil die Leuchtreklame von unten nach oben diagonal über der Fensterfront verläuft, sieht es von meiner Wohnung gegenüber so aus, als würden Menschen in einer Zigarette wohnen – so, wie in den Märchen-Bilderbüchern Igel und Hasen in einem Schuh wohnen. Der Elektrotechniker wohnt in der oberen Hälfte des Filters. Er ist so was wie der Hausmeister der Zigarette. Zigarettenhausmeister. Er lebt von der Zigarette. Die Besitzerin der Tabakfirma hat ihn eingestellt, damit er die Zigarette wartet, kaputte Lampen sofort austauscht, immer da ist, wenn es einen Stromausfall gibt.

Quer über seinem Fenster verläuft ihr Name, gebogen, ohne abzusetzen, aus einer einzigen weißen Neonröhre. »Sie ist meine Liebe«, sagt der Elektrotechniker, als er von meinem Balkon auf das Haus hinübersieht. Liebe ohne abzusetzen. Er meint es ernst.

Er hat sein Bett unter das Fenster gestellt, über dem die Neonröhre ihren Namen in jede Nacht leuchtet wie ein Plakat, das unbeirrte Demonstranten vor sich hertragen. Das war immer genug.

Er sieht die Besitzerin ein paarmal im Monat, wenn sie zusammen mit den Stadtführern den Touristen die Leuchtreklame vorführt. Aus seinem Fenster im Filter schaut er ihr dabei zu, schaut zu, wie sie mit Zeigestabfinger erklärt. Sie nimmt die Zigarette ernst, das gefällt ihm. Manchmal legt sie den Kopf in den Nacken und lacht zu ihm rauf und winkt ihm, er soll auch kommen. Aber er hat sich nie getraut, aus Angst, sich zu verraten: Er könnte die Treppe ja zu schnell oder zu langsam runterkommen.

»Heute war sie bei mir«, sagt der Elektrotechniker aufgeregt, als er wie beinahe jeden Abend auf meinen Balkon kommt, um die Zigarette zu betrachten. »Sie hatte ein Kleid mit Rosen drauf, die waren so rot, daß sie geleuchtet haben. Doch, richtig geleuchtet haben die. Mindestens zwanzig mal sechzig Watt Rosen waren da auf dem Kleid.« Er übertreibt so ungeheuerlich, daß er mir leid tut. An dem Maß, wie jemand plötzlich übertreibt, kann man erkennen, ob ihn das Leben vorher schon zu lange in Ruhe gelassen hat.

»Sie war noch nie bei mir«, sagt er, »aber als sie draußen vor der Wohnungstür stand, da habe ich schon die Tür aufgemacht – obwohl sie noch die Klingel gesucht hat. Aber irgendwie wußte ich, daß sie es ist. Die Türklinke ist aus Messing. Messing ist ein guter Leiter, ein schlechter Widerstand.«

»Dann habe ich die Weinflasche aufgemacht, die du mir geschenkt hattest«, sagt er, »das macht man doch so? Aber dann habe ich doch nichts getrunken, damit sie nicht denkt, ich trinke. Sie hat auch wenig getrunken, weil sie viel geredet hat. Von der Tabakfirma und daß es ein Graus ist, daß die Leute so wenig rauchen, und wie gern sie meine Zigarette hat, aber daß sie halt sehr teuer ist.«

»Und du?« frage ich.

»Ich habe nur Angst gehabt, daß sie geht«, sagt der Elektrotechniker, »deshalb habe ich nichts gesagt. Ich dachte, wenn ich was sage, dann erinnert sie sich, daß sie hier in meiner Küche sitzt, mit mir, und geht sofort wieder. Ich wollte einfach nur, daß sie bleibt. Und ein paarmal habe ich auf die Uhr geschaut. Um sieben springt ja die Zigarette an, und ich wollte doch so gern, daß sie die rote Glühlampe im Rücken hat, die ich für sie in den Filter reingeschraubt habe, du weißt schon.«

Ich weiß, was jetzt kommt, deshalb bemühe ich mich, ihn zu ärgern, damit er nicht merkt, wie leid er mir tut. »Ach ja«, sage ich, »der Liebesgruß, der so anonym ist, daß sie nicht mal weiß, daß es ihn gibt.«

Der Elektrotechniker nickt nur und sagt: »Ich weiß auch gar nicht, warum sie gekommen ist. Plötzlich ist sie aufgestanden und hat gesagt, daß sie jetzt besser geht, sie wollte mich nicht stören.«

»Wann?« frage ich leise.

»Um acht Minuten vor sieben.« Er schüttelt den Kopf.

Dann beginnt er, mein Radio zu reparieren. Ich setze mich zu ihm an den Tisch und ziehe eine Zigarette aus der Schachtel. Der Elektrotechniker lächelt glücklich, legt kurz den Schraubenzieher aus der Hand und streicht mit dem Zeigefinger sanft über ein sehr weißes Bein, das da auf dem Tisch liegt. Es ist eine platonische Liebe, denn der Elektrotechniker raucht gar nicht, und im geheimen bedauert er, daß ihm Zigaretten nicht schmecken. Er gibt ihnen nicht die Schuld. Er mag ja alle Arten von Zigaretten, ist im Grunde doch alles eine Familie. Zwischendrin halte ich sie ihm hin, weil er gerne sanft gegen die Haut aus Asche bläst und sich freut, wenn die Glut kurz aufleuchtet, als hätte er auf einen Knopf gedrückt. Er sitzt mit dem Rücken zur Balkontür, und ich schalte das Licht an, weil es draußen dunkel geworden ist. Da hält er plötzlich inne, über das Radio gebeugt. »Mach es aus«, bittet er mich, ohne aufzusehen, »es erinnert mich an sie.«

Im Tageslicht sieht die Zigarette erbärmlich aus, jämmerlich, noch jämmerlicher als eine ausgetretene gewöhnliche Zigarette. Ein Skelett hängt da an der Hauswand, erst mit dem Licht wächst ihm jede Nacht Fleisch. Ich habe einmal mit dem Elektrotechniker darüber gesprochen, danach hat es vier Tage gedauert, bis er eines Nachmittags plötzlich wieder vor meiner Tür stand. Als ich öffnete, zerrte er mich wortlos auf meinen Balkon. Er hielt mich am Ärmel fest, während er ungeduldig den Himmel absuchte, als warte er auf das Raumschiff, das er gerufen hatte, um mich zu verschleppen.

»Da«, sagte er plötzlich und zeigte auf den Mond, der bleich und unscheinbar auf seinen Auftritt im Nachtprogramm wartete, das Licht hatte ihn noch nicht geschminkt.

»Was ist das?« fragte der Elektrotechniker streng. Und als ich antwortete, sagte er »ach« und zog die Augenbrauen hoch: »Das ist also der Mond. Bist du sicher? Kein Skelett, dem erst mit dem Licht jede Nacht neues Fleisch wächst?«

Als er ging, hörte ich ihn im Treppenhaus leise pfeifen, den Rächer.

Am Morgen, nachdem sie ihn besucht hatte, stand der Elektrotechniker auf seiner Leiter, Glasspray und zwei verschiedene Lappen in der Hand, und putzte die Glühlampen von Filter und Bein. Das tut er normalerweise nur samstags, hoch über den Köpfen der Nachbarn, die ihre Autos waschen. Sie hatte ihn durcheinandergebracht und zu einem Mann gemacht, der zweifelte, ob seine Wohnung bei der ersten Verabredung auch aufgeräumt genug gewesen war.

Dann sehe ich, wie die Besitzerin der Tabakfirma den Gehweg entlangkommt. Er sieht sie auch und steigt so hastig von der Leiter, als hätte sie ihn bei etwas ertappt. Sie reden ein bißchen, die Frau zeigt auf eine braune Glühlampe des Filters, er legt seine Hand um den Glaskopf. Ich weiß, daß er ihr jetzt die Schönheit einer Glühlampe erklären wird. So, wie er sie mir einmal erklärt hat, als ich ihn fragte, warum er in seiner Wohnung keinen einzigen Lampenschirm hat: »Glühlampen müssen sich nicht verschämt unter Lampenschirmen verstecken, als wären sie häßlich.«

Jetzt zeichnet sein Zeigefinger die Spiralen aus Wolframdraht in die Luft, die er nie so zart hinkriegt, wie er das möchte, weil sein Finger zu groß ist. Als er sich in meine Richtung dreht, sehe ich, wie glücklich er ist, und gehe in meine Wohnung zurück. Es ist zu intim, als daß ich weiter zusehen könnte. Ich weiß nicht, was dann passiert ist.

Am Abend steht er wieder auf meinem Balkon, schaut auf die brennende Zigarette hinüber, und seine Augen schreiten prüfend die Reihen der Glühlampen ab. Gut so, alles gut.

»Es hat ihr gefallen«, sagt er leise, »und dann hat sie gesagt, daß der Name Wolfram doch zu mir passen würde.«

»Aber du heißt doch gar nicht Wolfram.«

»Ja. Ist das nicht schön?«

»Warum ist sie denn eigentlich gekommen, hat sie das gesagt?«

»Doch, ja«, sagt der Elektrotechniker langsam und schaut mich nicht an, »das hat sie.«

Und dann hat er den ganzen Abend kein Wort mehr gesprochen, er ist nur auf meinem Balkon gestanden und hat die Zigarette angesehen. Als ich schlafen ging, stand er immer noch am Geländer. Es muß etwa fünf Uhr gewesen sein, als die Zigarette ausging. So, wie sie bisher jeden Morgen um etwa fünf Uhr ausgegangen war.

Ich wachte auf, als der Elektrotechniker im Dunkeln auf meinem Eßtisch nach einem Feuerzeug und meiner angebrochenen Schachtel Zigaretten suchte. Damit ging er wieder auf den Balkon zurück und zündete eine Zigarette an. Er betrachtete die weißgraue Haut aus Asche, unter der die Glut glomm, und rauchte der Zigarette sorgfältig das Bein weg. Es war nichts Nachlässiges in der Bewegung, mit der er sie schließlich über die Brüstung warf. Er übergab sie der Dämmerung.

Als die Sonne aufging, stand auf meinem Balkon ein Mann, dem die Tränen aus den Augen liefen, über die bis zum Platzen aufgeblasenen Backen.

Er versuchte eine Zigarette anzublasen, die auf der gegenüberliegenden Hauswand erloschen war und nie wieder brennen würde.

Größe 36

Das Kleid ist rosa und mit roten Pailletten bestickt. Auf dem Foto später werden sie leuchten wie die Lichter auf dem Flipper in der Spielzeugabteilung. Daß das Kleid auch kurz ist, fällt mir nur dann auf, wenn Bianca es trägt und vorsichtig auf dem Stuhl vor der Kamera Platz nimmt.

Es ist an ihren Knien zu Ende, so, wie eine schöne Geschichte zu Ende ist – danach beginnt zwar eine neue, aber ich glaube nicht, daß die schon viele hören wollen.

Achttausend Kilometer von unserem Kaufhaus entfernt finden gerade die Olympischen Winterspiele statt. Deshalb können sich Kunden, die gerade auf dem Weg in die Obstabteilung sind, in dem rosa Kleid als Eiskunstlaufprinzessin fotografieren lassen. Auf ein Plakat hat der Azubi aus dem Restaurant – er darf auch immer die Menüs auf die Tafel schreiben, weil seine Schrift so schön ist – eine Goldmedaille gemalt. Neben der Goldmedaille steht eine kleine, runde Umkleidekabine mit Vorhang. Es ist ein Zauberschrank: Die Leute, die in dem rosa Kleid rauskommen, sind nicht mehr dieselben, die reingegangen sind. Aber nur Bianca möchte man immer gleich wieder reinschicken, weil man denkt, es ist irgendwas schiefgegangen.

Bianca arbeitet in der Bettwäscheabteilung. Ich habe sie vor drei Wochen getroffen, als ich ein Sonderangebot Baumwollkissenbezüge mit gelben Sonnen und blauen Stiefmütterchen fotografiert habe.

»Es ist Betrug, nicht wahr?« hat sie plötzlich gesagt und auf die Sonnen gezeigt.

Ich hatte gerade eine Filmdose zwischen den Zähnen und pinselte eine halbe Flasche klaren Nagellack auf die Blüten der Stiefmütterchen, damit sie besser glänzten. Es funktionierte nicht.

»Ich meine, der Stoff, der fühlt sich nicht so an, wie er auf dem Bild aussieht. Ich glaube, daß die Leute enttäuscht sind, wenn sie die Packung aufmachen.«

Ich nahm den Film aus dem Mund und schaute sie an. Sie trug das grüne Kaufhausuniform-Kostüm mit dem Rock im Klorollenschnitt. Es sah aus wie für sie gemacht. Ihr rechter Schneidezahn hatte die Farbe eines Kaffeefilters, und ihre Haare waren irgendwann dem Entschluß zu einem neuen Lebensabschnitt zum Opfer gefallen, der sich dann aber als falsch herausgestellt haben mußte.

Bianca sah einfach nicht so aus, als dürfte sie jemals ein Packungsinhalt enttäuscht haben. Man kann nur enttäuscht sein, wenn man Besseres erwartet hat.

Sie hat ein Sandwich in der Hand und eine Stange Kaubonbons, als sie zum erstenmal stehenbleibt, offensichtlich gerade auf dem Weg zur Mittagspause.

»Ich bin gerade auf dem Weg zur Mittagspause«, sagt sie, weil sie vermutlich denkt, ich hätte ihr zugenickt. Dann stellt sie sich gerade so nah hin, daß sie noch weit genug weg ist. Die Stange Kaubonbons wie einen dieser Kassenabstandhalter vor den Bauch gepreßt.

In der Kabine kichern sich zwei Teenager aus dem Kleid. Als sie bezahlen und auf die Fotos warten, sehe ich, wie Bianca zur Kabine schleicht. Oben, über der Stange, hängt das Kleid. Und es ist nicht so, daß sie daran zieht. Sie – holt es ein. Es ist ziemlich schwer, und als es langsam rutscht, beinahe theatralisch rutscht, da hält sie nur ihre Hände auf, und das Paillettenkleid rieselt hinein. Ein Schatz.

Wenn ihr Rock nicht so eng wäre, denke ich, hätte sie auch den aufhalten können und hätte ausgesehen wie Sterntaler.

»Dauert das noch lange?« fragen die Teenager.

Ich suche einen Umschlag, stecke die Bilder hinein und gebe sie ihnen. Bianca hängt sorgfältig das Kleid auf einen Bügel. Mit den flachen Händen streicht sie von oben nach unten über den Stoff, sie geht sogar in die Knie dafür, und gerade, als sie am Saum angelangt ist, bei den langen roten Samtfransen, stoppt sie. Dann steht sie plötzlich blitzschnell auf und nimmt das Kleid wieder vom Bügel.

Als sie sich zu mir umdreht, beuge ich mich schnell über das Objektiv und schraube es ab. Das einzige, was ich für sie tun kann, ist, sie nicht gesehen zu haben.

Ich wünschte, sie würde wieder gehen. Sie kommt. Die Pailletten knistern und kündigen sie an wie eine Königin. Jetzt müßte sie direkt neben mir stehen. »Kann ich das mal, also jetzt, ich meine, wo grade keine Kunden da sind?« fragt sie.

Sie hat noch immer beide Hände voller Kleid.

Noch nie habe ich eine Frau so ein Kleid festhalten sehen. Sie hält es zusammengeknüllt und vor ihren dicken Bauch gepreßt. Wie auf eine Wunde.

Sie läuft mit dem Kleid in die Kabine und kommt nicht wieder raus. Drin rührt sich auch nichts. Der Mutter mit ihrer kleinen Tochter sage ich, die Kamera hätte ein Problem. Ich sage es auch der anderen Mutter mit ihrer kleinen Tochter. Irgendwann gehe ich hinüber, um zu klopfen. Man kann nicht an einen Vorhang klopfen. Ich gehe wieder zurück.

Die dicke Bianca mit dem Kleid in Größe 36. Was hat sie wohl? 44? Wahrscheinlich 44, denke ich und streiche zufrieden über meine schmalen Hüften und den flachen, trainierten Bauch. Ob sie das Kleid nicht zukriegt? Natürlich kriegt sie es nicht zu. Aber nachdem ich vier Kunden angelogen hatte, reichte das nicht mehr als Entschuldigung. Also stelle ich mich neben die Kabine, rufe mit crisper Fröhlichkeit etwas von wartendem Publikum und ungeduldigen Preisrichtern und rüttele ein bißchen am Vorhang. Es dauert eine Weile, und als sie endlich den Kopf aus der Falte streckt, sieht sie so aus, als hätte ich sie geweckt.

Ich sage »Tataaaa« und zeige auf die Kamera.

»Ach so«, sagt sie langsam, »das Foto.« Sie zieht

den Kopf wieder zurück. Drei Minuten später öffnet sich der Vorhang.

Es ist wirklich ein ganz unglaubliches Rosa. Nur ein schwuler Chefdesigner bei Mattel würde sich so was trauen. Und an Bianca scheinen die roten Pailletten plötzlich aufs irrwitzigste geschrumpft, denn nichts ist zierlich an Bianca. Außer den Riemchen ihrer Pumps, und die trägt sie in der Hand. Es sind tatsächlich Pumps.

»Mit oder ohne Schuhe?« fragt sie.

Ich schaue auf ihre Füße. Sie hat sehr zierliche Füße. Ich schätze, Größe 37, höchstens. Kleiner als meine.

»Egal«, sage ich und trete in meinen Turnschuhen auf und ab, »das Foto geht ohnehin nur bis zu den Knien.«

Bianca geht zum Stuhl. Glättet die Pailletten über dem Hintern. Ordnet die plissierten Falten am Rock. Streicht mit dem Zeigefinger über den Kragen. Als wäre sie eine alte Frau aus einem Entwicklungsland oder ein Mädchen in der Spielwarenabteilung. Ich schäme mich für Bianca, wie ich mich manchmal im Theater für einen Schauspieler schäme, wenn er schlecht ist. Scham perforiert den ganzen Körper, hackt Stückchen aus dir heraus, deshalb tut sie auch so weh.

Ich lege einen neuen Film ein und hoffe, daß niemand uns zusammen sieht. Aber eigentlich reicht es schon, daß ich mich zusammen mit ihr sehe.

Neben dem Plakat mit der Goldmedaille haben wir noch ein paar andere Requisiten. Der Azubi hat in seiner Sonntagsbratenschrift zwei Pappschilder gemalt, die die Kunden in die Kamera halten können: »Zu schlecht, um in die Wertung zu kommen« und »Weltrekord«. Das mit dem Weltrekord ist natürlich Quatsch beim Eiskunstlauf, aber der Azubi schaut nur Leichtathletik, und bisher ist es niemand aufgefallen. Ich fürchte, daß sich Bianca das Weltrekordschild aussuchen würde, und zeige ihr die Schilder nicht. Wir haben auch noch ein Maskottchen, einen Plüschhasen, der das Olympia-Logo auf der Fußsohle tätowiert hat. Es sieht aus, als wäre er in irgendwas reingetreten. Ich gebe ihr auch den Hasen nicht. Es wirkt liebevoll, wenn man jemand ein Stofftier in den Arm legt.

Bianca hat ihre Jeansjacke umgehängt und nimmt sie erst ab, als sie endlich auf dem Stuhl sitzt. Ich kann trotzdem sehen, daß sie das Kleid hinten nur bis zur Hälfte zugekriegt hat. Es ist ihr mindestens vier Größen zu klein.

»Mach schnell«, sagt sie, »ich komme mir komisch vor.«

Ich mache schnell. Bianca schaut ergeben, ein bißschen gequält. Sie lächelt nicht. Sie bemüht sich nicht mal.

Ihr Gesichtsausdruck paßt nicht zu diesem Kleid, nicht zu meiner Kamera. Ich will ihn verscheuchen, wegschicken. Und plötzlich ärgere ich mich, wie sich Gastgeber ärgern, wenn ein Gast die Kleiderordnung nicht einhält: Wenigstens das könnte sie tun. Könnte sie richtig machen.

Als ich fertig bin, verschwindet sie so schnell wieder in der Kabine, als wäre sie nackt. Sie ist nackt. Das Kleid hat sie nackt gemacht. Als sie endlich rauskommt, ist das Foto schon längst fertig. Es bietet keine Überraschungen. Aber ich bin sehr gespannt, wie sie schaut, wenn sie es sieht.

Sie nimmt es, sagt danke und packt es in ihre Jackentasche, ohne es anzuschauen. Dann zahlt sie, holt ihre Kaubonbons und das Sandwich und geht zur Rolltreppe zurück. Ihre Mittagspause muß bereits zu Ende sein.

Die Rolltreppe ist lang, und wahrscheinlich denkt sie, ich würde sie am Ende nicht mehr sehen. Ich sehe sie aber. Sehe, wie sie am Ende der Rolltreppe das Foto aus der Jackentasche zieht und es in den Mülleimer wirft. Sie hat es nicht einmal angeschaut.

Am nächsten Tag kommt sie wieder. Als sie das Kleid vom Rand der Umkleidekabine nehmen will, fällt es auf den Boden. Vor Schreck tritt sie drauf und bückt sich beinahe panisch, um es aufzuheben. Wie ein verletztes Tier auf der Straße oder so. Ist ja kein Wunder, denke ich böse, wenn sie draufgetreten ist. Sie trägt wieder Pumps. Schwarze mit Lochstickerei. Etwas ordinär natürlich, aber nicht schlecht.

Sie lächelt ein bißchen, streckt mir kurz das Kleid entgegen, zieht fragend die Augenbrauen hoch und läuft dann wortlos in die Kabine. So, denke ich, jetzt verstehen wir uns also schon ohne Worte.

Ich rüttele nicht am Vorhang. Ich warte, bis sie wieder rauskommt. Ich warte und verschränke die Arme und würde gern wissen, wie man Blicke verschränkt. Sie merkt überhaupt nichts, als sie endlich den Vorhang zur Seite schiebt und trotzdem so aussieht, als hätte sie das Foto am liebsten in der Umkleidekabine gemacht. Wenn überhaupt.

Als es fertig ist, steckt sie es ein, ohne es anzuschauen. Und als sie sich bedankt, denke ich kurz, sie hätte sich entschuldigt. Der gleiche Ton.

Dann läuft sie die Rolltreppe hoch und wirft das Foto in den Mülleimer.

Ich schaue ihr nach, bis ich sie nicht mehr sehen kann, und nehme dann das olympische Hasenmaskottchen aus der Kiste.

»Na du?« sage ich leise. Ich brauche Ablenkung und versuche konzentriert, dem Hasen den Arm zu brechen. Dann gehe ich in die Kabine. Und dann wieder raus. Wozu ist ein Raum gut, wenn man weder eine Tür zuknallen noch eine abschließen kann?

In der Obstabteilung zerdrücke ich kleine spanische Weintrauben zwischen Daumen und Zeigefinger, bis ich wieder klar denken kann.

Am Tag danach gehe ich morgens in die Blumenabteilung. Es dauert eine Weile, bis ich weiß, ob ich schöne Blumen will oder häßliche. Ich entscheide mich für einen Kompromiß und leihe die großen, roten Rosen aus. Plastikrosen. Aber sie müssen exakt die Farbe der Pailletten haben.

Sie kommt wieder. Sie geht in die Kabine. Und als sie endlich rausschleicht, bin ich immer noch dabei, die Rosen in einer meiner Wohnzimmervasen neben ihrem Stuhl zu drapieren. Schließlich nehme ich sie wieder raus und lege sie Bianca in den Schoß. So, das ist besser. Ich laufe in die Geschenkwarenabteilung und hole eine breite rosa Schleife, mit der ich den Strauß zusammenbinde. Die beiden Enden lasse ich dezent über ihre Finger rieseln, aber ihre dicken weißen Fingerkuppen schauen unter den grünen Stielen trotzdem noch vor wie Pilzköpfe.

Ich mache ihr Komplimente und klinge wie ein verbissener Cheerleader. Bianca sitzt auf ihrem Stuhl und rührt sich nicht. Ich verschieße einen ganzen Film, und als sie es bemerkt, murmelt sie: »Das ist doch nicht nötig«, und wird rot.

Oh, doch, denke ich wütend, das ist offensichtlich nötig.

Anschließend will ich ihr die Bilder geben, damit sie sich das beste Foto aussuchen kann. Sie schreckt zurück und faßt den Stapel nicht an. Sie wolle sich überraschen lassen, sagt sie. Ich solle doch eines raussuchen.

Ich zucke mit den Schultern und nehme das Foto, das so aussieht, als hätte ich vorrangig den Rosenstrauß fotografiert und nicht Bianca. Mehr ist nicht drin.

Sie steckt das Bild ein, läuft die Rolltreppe hoch und wirft es in den Mülleimer. Ich betaste meine Wangenknochen, die vorstehen wie Kleiderbügel.

Jeden Tag habe ich eine neue Idee für das Bianca-Foto. Andere Kunden sind mir egal. Sie dienen mir höchstens als Probe für Bianca, die immer um halb eins mit dem Kleid in der Kabine verschwindet und frühestens nach zwanzig Minuten wieder rauskommt.

Aber Bianca kann ich nicht proben. Keinen außer ihr habe ich jemals eines meiner Bilder wegwerfen sehen. Niemand. Niemals. Manchmal, nachdem sie gegangen ist, schaue ich Prospekte an, die ich fotografiert habe. Abteilungsleiter, Gelsohlen-Turnschuhe, Brotschneidemaschinen und Tiefkühltorten. Tiefkühltorten sind immer besonders heikel, weil sie unter dem Scheinwerferlicht antauen und schnell matschig aussehen. Meine Tiefkühltorten sehen nie matschig aus, und zwei Abteilungsleiter wollten von ihrem Foto sogar einen Abzug.

Am nächsten Morgen gehe ich in die Sportabteilung, wo ich mehrere Quittungen unterschreiben muß, bis ich die Schlittschuhe ausleihen darf. Auf der Toilette überpinsele ich die Kratzer auf dem weißen Leder mit Deckweiß. Die Kufen poliere ich mit einem weichen Lappen aus der Schuhabteilung. Und den Vormittag verbringe ich damit, den Stuhl richtig auszuleuchten. Eine dicke Frau, die gerade mit einem Netz roter Paprika aus der Gemüseecke kommt, nehme ich als Lichtdouble. Ich drapiere die Paprika auf ihrem Schoß, die Rosen kann ich ihr nicht geben, weil ich sie vorhin mit *Glanzfix* eingesprüht habe, damit sie das Licht reflektieren wie Pailletten. Sie trocknen gerade kopfüber in der Kabine.

»Ist das für einen Prominenten?« fragt die Frau neugierig. Ich schicke sie wieder weg. Irgendwann ist es genug.

Bianca läßt alles über sich ergehen. Nur als ich ihr schließlich noch die Goldmedaille umhänge, die ich als Sechzehnjährige bei der Stadtmeisterschaft im Tischtennis gewonnen habe, zuckt sie ein bißchen zusammen. Das erste Mal, seit zehn Tagen.

Als sie die Rolltreppe hochgeht, zünde ich aufgeregt eine Zigarette an. Die Rolltreppe ist lang, und ich versuche, sie an dem Mülleimer vorbeizuhypnotisieren: Ein kleines Stück noch, einen großen Schritt jetzt – sie bleibt stehen, zieht das Foto aus der Tasche. Wirft es weg. Ich trete die Zigarette aus.

Spätestens, als ich den Hibiskusbusch aus dem Gartencenter ausgeliehen und mir dabei einen Rükkenwirbel verrenkt hatte, hatte es gereicht. Es war der vorletzte Tag, morgen würde ich abbauen. Die Winterspiele waren fast zu Ende.

Bianca kommt, geht in die Kabine, bleibt in der Kabine, kommt raus, setzt sich wortlos neben den Hibiskus, ich drücke auf den Auslöser, sie geht wieder in die Kabine, bleibt in der Kabine und will das Foto nehmen, das ich ihr entgegenstrecke. Aber ich halte es fest.

»Warum sollte ich es dir geben?« frage ich. »Du wirfst es sowieso wieder weg, oder?«

Sie beißt sich auf die dicken Lippen. »Es tut mir leid«, flüstert sie, »die ganze Arbeit, die du dir gemacht hast. Nur wegen mir. Und dabei …«

»Und dabei was?«

Sie schaut an mir vorbei, auf das rosarote Kleid, das wieder auf dem Bügel an der Kabine hängt. Ich stelle mich ins Bild.

»Da oben, in der Bettwäsche«, sagt sie schließlich, »also, weißt du, wie glücklich ich bin, wenn jemand mal Frottee will? Dann kann ich die Packung aufmachen, unter irgendeinem Vorwand, und es anfassen. Frottee wenigstens. Die letzte Seidengarnitur habe ich drei Tage vor Weihnachten verkauft. Drei Tage vor Weihnachten! Und dieses Kleid … das ist … ich wollte nur … das fühlt sich so unglaublich wunderschön an. Das fühlt sich so an, wie es aussieht. Nicht wie diese verdammte Baumwolle. Ich habe noch nie so was Schönes in der Hand gehabt.«

»Du wolltest nie das Foto? Du bist jeden einzelnen verdammten Tag nur hierhergekommen, um es anzufassen?«

Ich denke an die Weintrauben in der Obstabteilung, an das Deckweiß auf den Schlittschuhen und betaste meine Wangenknochen. Dann schaue ich auf meine Turnschuhe.

»Ja«, sagt sie leise. »Aber das konnte ich doch nicht sagen. Das wäre doch nicht gegangen.«

Wir sehen beide das Kleid an, wie es da hängt. Und ich denke daran, wie Bianca es immer angefaßt hat. Manchmal konnte sie sich nicht beherrschen, bis sie in der Kabine war. Dann hat sie es an ihre Wange gedrückt und ihr Gesicht darin vergraben, als wäre es ihr Liebhaber. Bianca, Größe 44, und das Kleid, Größe 36.

Bianca geht irgendwann, aber ich schaue ihr nicht nach. Das Foto hat sie vergessen. Ich werfe es in den Mülleimer. Dann baue ich alles ab und gehe in die Abendmodeabteilung zu den Schuhen. Ich bin oft hier. Und ich weiß, was ich will. Die lindgrünen Manolo-Blahnik-Stilettos mit dem satinierten Absatz und den Fesselriemen in schimmernder Limone.

»Größe 36«, sage ich. »Sie können sie gleich einpacken.«

Es stimmt nicht, daß es Schuhe in verschiedenen Größen gibt. So wenig, wie es ein Gemälde in verschiedenen Größen gibt. Es gibt nur diese Größe für diese Schuhe. Die Verkäuferin schaut auf meine Füße und fragt, ob ich die Schuhe nicht probieren will. Nein, will ich nicht. Danke. Nein, wirklich nicht.

Ich lasse meine Kamera im Schließfach, damit ich den Karton mit beiden Händen tragen kann. Zu Hause wickele ich sie so vorsichtig aus, wie man zwei Tortenstücke aus dem Papier auspackt. Ich streiche mit der Oberseite meiner Finger über den Absatz, um keine Flecken zu machen. Elf Zentimeter hoch. »Zur Zeit von Ludwig XIV. waren hohe Schuhe ein Zeichen seiner königlichen Würde«, flüstere ich. »In den fünfziger Jahren steckten italienische Schuhhersteller Metallstifte in den Absatz, damit er nicht brach. Marilyn Monroe sagte einmal: ›Ich weiß nicht, wer den Stöckelschuh erfunden hat, aber die Frauen haben ihm unendlich viel zu verdanken.‹«

Meine Turnschuhe werfe ich hinter das Sofa. Ich stelle meine Manolos auf die Kommode und rücke sie zurecht. Dann lege ich mich auf den Teppich und strecke meine Zehen soweit es geht in die richtige Richtung.

Der Mann mit der Thermoskanne

Es wäre alles anders gekommen, wenn ihm seine Frau nicht gestern die Thermoskanne gekauft hätte. Nicht beim Penny, sondern in einem richtigen Sportgeschäft. »So eine Himalaja-Kanne ist das«, sagt er zum Nachbarn, der am Zaun steht und Blätter in einen Laubsack stopft.

Laub. Sack. Stopft. Laub. Sack. Stopft.

Der Nachbar hört nicht. Der Mann wartet. Ohne ihn aus den Augen zu lassen, tritt er prüfend mit einem Bein in den eigenen Laubhaufen, um ein Geräusch zu machen. Macht kein Geräusch. Bleibt unschlüssig stehen. Und schaut rüber zu dem moosigen kleinen Holztisch. Da steht die Kanne und glänzt silbern in der Sonne, obwohl die Sonne gar nicht scheint. So eine Kanne ist das.

»Hervorragende Wärmeisolation«, sagt der Mann und schaut wieder seinen Nachbarn an. »Und ganz leicht ist die.« Wenn der Nachbar neidisch wird, könnte er vielleicht stolz werden. So funktioniert das doch, oder? Stolz darauf, wie sehr sich seine Frau kümmert.

Der Nachbar nickt nur, schaut aber nicht, sondern

schüttelt den Laubsack, damit mehr reinpaßt. Der Mann stochert in seinem eigenen Laubhaufen, vielleicht ist der Nachbar ja gleich fertig. Schön wäre das. Besser wäre das. Dann müßte er nicht nachdenken, warum er hier ist. Jetzt, im Spätherbst. Der Nachbar hat einen riesigen Garten. Er hätte auch gern einen riesigen Garten. Jetzt, im Spätherbst.

Unter dem Laubhaufen vertrocknen blaue Mädchenaugen. Die toten Mädchenaugen hätte er schon längst jäten können, aber er hat zuviel Zeit dazu. Wer wenig zu tun hat, muß sich die Arbeit einteilen. Wie mit dem Geld ist das, denkt er, wie mit dem Geld. Er schaufelt eine Lichtung um die Mädchenaugen und stellt fest, daß sie dadurch noch toter aussehen. Schaufelt die Lichtung wieder zu. Aber das mit dem Geld, denkt er, das ist ein guter Vergleich. Er rückt alles in die richtigen Dimensionen.

Die Kanne steht immer noch auf dem Tisch. Er hätte sie nicht auspacken sollen. Hätte sie in der Tasche lassen sollen. Hat sie dann doch ausgepackt, aber vorher die dicken Gartenhandschuhe angezogen. Ausgepackt erschien ihm sicherer. So kann er sie im Auge behalten. Aber er kann sich nicht erinnern, daß er sie so sehr in die Mitte des Tisches gestellt hat. Jetzt steht sie mal ganz genau in der Mitte. So eine Kanne ist das.

Sein Laubhaufen ist viel kleiner als der des Nachbarn. Der Nachbar hat viel zu tun. Der Mann sieht dem Nachbarn zu und dreht dabei die Harke in den gefalteten Händen, bis der Stiel ganz warm ist. Das fühlt sich gut an. Er macht weiter, vielleicht passiert ja was. Er hört wieder auf. Mit der Harke kämmt er vorsichtig das schlaffe Büschel mit den Mädchenaugen und reißt dabei vier Blüten ab. Er bückt sich, und als er es merkt, richtet er sich schnell wieder auf. Vielleicht schaut der Nachbar. Er seufzt laut und versetzt den Mädchenaugen mit dem Stiefel einen Schwinger, nur für den Fall, dann sieht er aus den Augenwinkeln zum Zaun hinüber. Der Nachbar hat nicht geschaut, er stopft immer noch Laub in seinen Sack.

Der Mann sieht auf die Mädchenaugen, dann auf den Nachbarn. Dazwischen muß er an der Kanne vorbei. Er schämt sich. Schämt sich müde. So unendlich müde. Das tut er schon so lange, daß er nicht mehr weiß, was er gedacht hat, als es angefangen hat. Dann holt er tief Luft: »Und billig war die auch nicht«, sagt er und schluckt.

Da sieht der Nachbar auf. »Schön«, sagt er und macht dann weiter. Er hat nur den Mann angeschaut, nicht die Kanne.

Der Mann dreht sich um. »Ich geh jetzt mal rein, Kaffee trinken«, sagt er, geht in das Häuschen und schließt sorgfältig die Tür. Er kramt eine fleckige Zeitschrift aus dem Regal. Vielleicht findet er da noch was, was man tun kann, jetzt, im Spätherbst, mit dem Garten. Da steht, daß Gartenscheren länger halten, wenn man sie über Winter mit Rapsöl einreibt. Daß das besser ist als Speiseöl, weil es das Metall nicht angreift. Er hat nur eine Gartenschere, und wenn er über Winter hier ist, braucht er die. Für was auch immer. Es ist gut, jetzt den Rasen umzugraben, wenn man im nächsten Jahr den Gemüsegarten vergrößern will. Dann verrottet das Gras bis zum Frühling. Er denkt nach, der Gemüsegarten ist wirklich klein. Aber bei Penny ist es ja auch billig, und so viel Gemüse essen sie gar nicht. Durchs Fenster sieht er den Nachbarn mit seinem Laubsack. Es ist ein neuer Laubsack. Der Mann steht auf, nimmt die Heckenschere aus dem Regal und holt den Spaten aus der Ecke, um den Gemüsegarten zu vergrößern.

Draußen sieht er, daß der Nachbar den Laubsack in die Hütte bringt. Dann schließt er die Gartentür ab. Ach so.

»Wiedersehen«, sagt der Nachbar, »Sie können doch auch bald heim, oder?«

Dem Mann wird heiß. Der Nachbar denkt, er hätte nichts zu tun. Er sieht auf die Uhr. Es ist erst halb zwei. »Klar«, sagt er und stößt mit dem Fuß in den Laubhaufen, »aber der ganze Kram muß erst noch weg.« Jetzt ist das Laub im halben Garten verstreut. Nicht schlecht, dann kann er den Spaten erst mal wegstellen. Als er sich umdreht, sieht er, daß die Kanne noch immer draußen auf dem Holztisch steht. Der Nachbar weiß, daß er gar nicht Kaffee trinken war.

Er geht wieder in das Häuschen. Dort legt er die Hände vors Gesicht und wünscht sich, daß der Winter dieses Jahr nicht so lange dauert.

Als er auf die Uhr schaut, ist es erst zwei. Durchs Fenster kann man die Kanne nicht sehen. Er geht hinaus. Natürlich steht sie noch da. Verarscht, denkt der Mann. Von einer Thermoskanne verarscht. So eine Kanne ist das. Und weil es jetzt reicht, geht er langsam zur Bank, setzt sich, faltet die Hände unter dem

Kinn und starrt sie an. So, denkt er. So. Und als nichts passiert, noch mal. So. SoSoSo. Verdammtnochmal.

Er trägt immer noch die Gartenhandschuhe. Beruhigend dick sind die. Was zu dick ist für Dornen, ist auch zu dick für Thermoskannen. Also fährt er mit dem Daumen über ihren Bauch, zuerst nur mit dem Leder, dann preßt er den Finger im Handschuh dagegen. Zwei Tropfen sind runtergelaufen und auf dem Aluminium getrocknet. Das muß passiert sein, als seine Frau heute mittag den Kaffee eingefüllt hat. Er hat zugesehen. In der Küche hat sie gestanden und er in der Tür, sie hat ihm den Rücken zugedreht und den Kaffee eingefüllt. Dann hat sie den Deckel zugeschraubt, und da hätte er beinahe etwas gesagt. Wußte nicht was. Wollte dann wenigstens ein Geräusch machen. Hat kein Geräusch gemacht. Wußte nicht, was das richtige Geräusch gewesen wäre.

Das Schlimmste war, als sie den Deckel zugeschraubt hat. Ganz sorgfältig hat sie das gemacht, und sie hat auch nicht gezögert, nein, er hat genau aufgepaßt. Sie hat es so gemacht, als wüßte sie genau, wie man Deckel zuschraubt, damit auch wirklich alles dicht ist. Gummidichtungsringdicht. Aber die zwei Tropfen hat sie nicht gesehen. Er macht die Augen zu, streicht ganz vorsichtig mit dem Handschuh darüber und lächelt ein bißchen. Als er die Augen wieder aufmacht, kann er sie nicht mehr finden. Er hat sie weggewischt.

Er gibt der Frau nicht die Schuld. Er war es ja, er war ja nie da. Und jetzt ist es nicht ihre Schuld, daß er immer da ist. Früher hatte sie nie Zeit, sich an ihn zu gewöhnen, und jetzt hat er Zeit, sich zu schämen, daß sie es noch nicht getan hat. Dreimal in der Woche ist er hier draußen. Dann hat sie nachmittags Besuch in der Wohnung.

Er spricht den Namen der Freundin, den sie genannt hat, nie aus, weil es der falsche sein könnte, und dann würde ihn seine Frau verbessern. So heißt sie, würde sie sagen und ängstlich schauen. Das mußt du falsch verstanden haben, ja?

Weil die Gartenhandschuhe so alt und rissig sind, fühlt er noch besser, wie unheimlich glatt das Metall ist. Vielleicht noch besser, als wenn er die Handschuhe ausgezogen hätte. Hätte sie wohl gern, denkt er und weiß nicht, ob er die Frau meint oder die Thermoskanne. Aber macht er nicht. Wird sie nicht anfassen. Es erstaunt ihn, daß ihm plötzlich nichts einfallen will, was so glatt ist wie diese Thermoskanne. Und dann macht es ihn wütend. Ist klar. So eine Kanne ist das.

Zu Hause hat er seine Tasche aufgehalten, damit er sie nicht anfassen mußte. Seine Frau hat sie dann eingepackt.

Neben ihm liegt die Heckenschere. Er streicht damit langsam über die Kanne. Von oben nach unten und dann ein bißchen im Kreis. Will kein Geräusch machen. Geräusch braucht er jetzt nicht. Macht aber ein Geräusch. Zieht weiter Kreise und legt den Kopf schief. Mafiamörder im Film sehen so aus, bevor sie dem auf einen Stuhl gefesselten Verräter die Kehle durchschneiden, denkt er. Er legt die Heckenschere weg. Die Frau hat es bestimmt gut gemeint. Doch. Sicher. Aber noch sicherer wäre er, wenn er wüßte, was sie gemeint hat, als sie ihm die Thermoskanne gekauft hat.

Seine Frau interessiert sich nur für den Garten, wenn er im Sommer den Grill aufbaut. Sie versteht nichts von Laub, das irgendwann aufgeharkt ist, nichts von blauen Mädchenaugen, die spätestens im September vertrocknen. Deshalb kann er zu ihr auch sagen, daß es draußen so viel zu tun gibt. Daß er raus muß. Muß. Ja. Gerade jetzt, im Spätherbst. Ach früher, da waren die Winter also – noch nicht so kalt. Da war noch nicht so viel zu tun. Aber jetzt: Kalt sind die. Viel kälter, hat er gesagt, als sie abends im Wohnzimmer saßen, an einem von den drei Tagen. Und dann hat er so weit mit der Hand ausgeholt, daß es fast bis Sibirien gereicht hat.

Er hat keine Ahnung, ob die Winter kälter geworden sind. Er war ja nie draußen im Garten im Winter. Oder im Spätherbst. Jetzt sitzt er da, in einem Pullover, den seine Frau gestrickt hat. Etwa zu dem Zeitpunkt, als alles angefangen hat. Er mag den Pullover nicht besonders, aber er hat ihn angezogen, damit es aufhört. Er weiß nicht mal mehr, was er sonst noch gedacht hat, als es angefangen hat. Außer, daß es gerade anfängt. Eigentlich hat er immer gedacht, daß es gerade anfängt. Aber dann kam die Thermoskanne. Die sie zugeschraubt hat. Und nicht mal gezögert dabei.

Er weiß jetzt, was er tun wird. Er wird den Kaffee wegkippen. Genau das wird er tun. Und wenn die

Frau abends fragt, könnte er ihr die leere Kanne in die Hand drücken und sagen, daß der Kaffee schön heiß war, und sie würde sich freuen. Er möchte gern, daß sie sich freut. Also nimmt er die Kanne in die Hand und geht zu dem Laubhaufen mit den toten Mädchenaugen. Nein, nicht Mädchenaugen, die hat er für die Frau ausgesucht. Er geht zum Komposthaufen. Nein, nicht Komposthaufen, der ist zu drekkig. Er geht hinter das Häuschen, nein, das ist das, was Hunde machen. Zum Nachbarn rüber, über den Zaun? Nein, geht den Nachbarn nichts an. Er bleibt mitten auf dem Rasen stehen und hält die Kanne weit von sich weg. Nein, das geht auch nicht. Weil. Es nicht geht. Er stellt die Kanne wieder auf den Tisch. Und achtet darauf, daß es wenigstens nicht wieder genau die Mitte ist.

Nach den Nachmittagen mit der Freundin fragt er nie, und wenn seine Frau davon erzählen will, redet er schnell von der Kälte und wie wichtig es ist, daß er jetzt draußen ist. Sie sagt dann nichts mehr, und manchmal schaut sie ihn mit großen Augen an. Sei still, denkt er dann verzweifelt. Bitte, sei doch still. Er merkt schon, wenn sie davon erzählen will, weil sie sich immer wegdreht, bevor sie den ersten Satz anfängt. Damit sie ihn in Ruhe anfangen kann, den Satz, den sie sich zurechtgelegt hat, wie sie sich immer alle Töpfe und Zutaten zurechtlegt, bevor sie anfängt zu kochen.

»Mußt du denn wirklich raus, jetzt, wo es so kalt ist?« fragt sie manchmal, wenn sie abends zusammen in der Küche sitzen. Und vielleicht hätte er was gesagt, wenn es ein Satz mit einem Fragezeichen gewesen wäre. War es aber nicht. Ist es nie. Er paßt immer genau auf.

»Vielleicht«, hat sie einmal gesagt, »kann ich mich auch woanders treffen. Obwohl, also, eigentlich nicht.«

Er hat nur deshalb von der Zeitung aufgeschaut weil sie nicht weitergesprochen hat. Deshalb hat er gesehen, daß sie sich schon wieder umgedreht hatte. Und ihren Zeigefinger hatte sie in das kalte Suppenhuhn gebohrt, das zum Auftauen auf einem Teller lag. So fest hat sie gedrückt, daß das Blut schon aus der Fingerkuppe verschwunden war. Er hat sich nicht bewegt.

»Oder«, hat sie schließlich gesagt, »vielleicht nur einmal die Woche.«

Er gibt ihr nicht die Schuld. Deshalb ist er aufgestanden und hat sie in die Arme genommen. Ist schon gut, hat er gesagt und ihr den Kopf gestreichelt, ist schon gut. Er war überrascht, wie richtig es sich angehört hat. Vielleicht hat es ja gestimmt. Er hat ihre Hand von dem Huhn weggenommen und sie in seine Hände gelegt. Und so lange gehalten, bis ihr eiskalter Zeigefinger wieder warm war. Später hat er nur Kartoffeln gegessen.

Nach dem Abendbrot haben sie noch Kaffee getrunken. Das machen sie immer so.

Jetzt versucht er, an der Thermoskanne zu riechen, ob der Kaffee so duftet wie der, den sie ihm zu Hause macht. Riecht nichts. Aber vielleicht heißt das ja nichts? Seine Frau macht guten Kaffee. Und Kaffee wär wirklich schön jetzt, denkt er. Und schüttelt den Kopf. Aber nur Kaffee. Nicht das, was da drin ist. Da drin ist Kaffee-den-seine-Frau-in-die-Thermoskanne-getan-hat-die-sie-gekauft-hat-damit-er-nicht-friert-während-er-draußen-darauf-wartet-daß-er-nach-Hause-kommen-kann. So ein Kaffee ist das.

Aber er kann ja den Deckel aufschrauben und nachschauen, ob er überhaupt noch warm ist. Die Kanne ist ganz kalt. Und wenn der Kaffee nicht mehr warm ist, dann – ja, dann könnte er abends nach Hause kommen und sich beschweren über den Laden und den Verkäufer, und dann könnte er morgen die Kanne zurückbringen und den Verkäufer anschreien und den Chef verlangen. Und dann würde er sagen: »Und das bei dem Preis!« oder so was. Richtig laut würde er werden. Ein richtiges Theater würde er aufführen, Kunden würden stehenbleiben und ihm beipflichten, und der Chef würde versuchen, ihn zu beschwichtigen. Und die Kanne würden sie zurücknehmen müssen. Und dann – Moment mal, würden sie ihm eine andere anbieten? Müßte er die dann nehmen? Er denkt nach. Nein, müßte er nicht. Plötzlich wird er ganz aufgeregt. Wenn der Kaffee nicht mehr warm ist, wird alles gut.

Er läßt die Finger knacken. Er schraubt den Deckel ab. So, ganz ruhig bleiben jetzt. Ist das wieder ein Trick? Aber er hat ja die Handschuhe an. Sicherheitshandschuhe sind das. Er schraubt den Verschluß auf. Hat ja die Handschuhe an. Als der Verschluß aufgeschraubt ist, nimmt er ihn nicht ab. Traut sich nicht. Was, wenn der Kaffee nicht kalt ist? Verdammt noch mal.

Er läßt die Kanne auf dem Tisch stehen und geht in das Häuschen. Geht wieder hinaus. Schaut auf die Kanne und dann auf die Uhr. Drei. Er könnte ins Einkaufszentrum gehen, sich da auf eine Bank setzen und der Musik zuhören. Oder in die Kneipe. Er könnte in die Kneipe gehen. Aber dann wäre er ein Mann, der in die Kneipe geht, während er darauf wartet, nach Hause zu können. Und seine Frau würde es merken.

Die Kanne steht immer noch auf dem Tisch. Gut. Hingehen jetzt, hinsetzen. Er legt die Hand auf den Verschluß. Wenn er nicht die Handschuhe anhätte, könnte er schon fühlen, ob alles gut wird. Komm schon. Er macht die Augen zu und hebt den Verschluß. Die Dampfwolke macht sein Gesicht heiß. Ganz heiß. Aber er sitzt nur da, hält sein Gesicht in den Dampf und bewegt sich nicht. Lange.

Dann steht er auf, schraubt die Kanne zu und packt sie in die Tasche. Er zieht die Gartenhandschuhe aus, nimmt Harke und Heckenschere, bringt alles ins Häuschen zurück und schließt die Tür. Er geht jetzt nach Hause. Er steigt in die Straßenbahn, und an der Haltestelle vor seinem Haus setzt er sich im Park auf eine Bank.

Dort packt er die Thermoskanne aus. Keine Gartenhandschuhe. Braucht er jetzt nicht mehr. Der Mann dreht die Kappe ab. Legt sie neben sich auf die Bank. Dreht den Verschluß ab. Legt ihn neben die Kappe. Wiegt die Kanne in der Hand. Zwei Liter, das müßte reichen. Seine Frau wird sich freuen, wenn er ihr die leere Kanne in die Hand drücken kann, denkt der Mann. Dann setzt er sie an.

Sie wird sich die Haare gerichtet haben, bevor er kommt, damit es ihm nicht auffällt. Deshalb wird es ihm auffallen. Sie wird vom Badezimmer in die Küche laufen, während er im Aufzug ist. Und kurz bevor er die Tür aufschließt, nochmal zurück ins Wohnzimmer, um die Ordnung der Kissen zu überprüfen. Wenn er die Tür aufschließt, wird sie außer Atem sein und gerade wieder in der Küche. Damit sie sich einen Satz zurechtlegen kann, ohne daß er ihr dabei zusieht.

Er wird die Tür umständlich aufschließen. Damit sie Zeit hat, wieder zu Atem zu kommen. Sie ruft ihm ihren sorgfältigen Satz zu, kommt aus der Küche. Und sieht es. Sie wird nicht ihn sehen, sondern es. Er macht sich nichts vor. Dann wird er ihr sagen, daß es ihm leid tut. Und er wird überrascht sein, wie richtig es sich anhören wird. Vielleicht stimmt es ja.

Es tue ihm leid, wird er sagen und sie ganz festhalten dabei. Aber morgen könne er nicht im Garten arbeiten und nächste Woche auch nicht. Wahrscheinlich eine ganze Weile nicht. Weil, was soll er schon tun draußen. Mit den verbrühten Händen.

Verglüht

Was mich ärgert, ist, daß danach immer die Hände zittern. Gebärdendolmetscher meines Pulses. Lächerlich. Hände, die ihre Klappe nicht halten können. Ich gebe ihnen eine Zigarette und Feuer. Die Zigarette fällt runter und ins Waschbecken. Die erste danach rauche ich immer nur im Bad, seit den zwei großen Löchern im Wohnzimmerteppich. Die Asche zischt noch im Wasser, erstaunlich lang, aber dann wird die Zigarette still und schlaff.

Bruno hat immer geraucht, ich nie. Aber an dem Tag, an dem er nicht mehr wiederkam, habe ich damit angefangen. Manche Leute zünden ein ewiges Licht an, wenn jemand geht, ich rauche Kette. Ich wußte sehr lange nicht, was ich tun sollte, außer zu rauchen. Es gibt nicht wirklich viel zu tun, wenn dich das Leben plötzlich abschält und nichts wieder anwächst, sosehr du es auch versuchst.

Nach einem Jahr hat die Therapeutin einen Satz gesagt, der mir eingeleuchtet hat. Man muß die Schäden der Seele durch den Körper heilen und die Schäden des Körpers durch die Seele. Also bin ich ins Fitneßstudio gegangen, und weil ich nicht aufhören konnte zu rauchen, hat es vier Jahre gedauert, bis ich den Trainerschein hatte. Von Bruno habe ich ein bißchen Geld, und mit dem, was ich im Studio verdiene, reicht das zum Leben. Die Therapeutin hat mich davor gewarnt, in das Studio zu gehen, in dem auch Bruno war. Kurz bevor er – also zum Schluß. »Seien Sie doch vernünftig, das läuft Ihnen ewig nach. Das wird Sie nie loslassen«, hat sie gesagt, und ich habe an den schwarzen Mann denken müssen. Unartigen Kindern droht man mit dem schwarzen Mann, unartigen Erwachsenen mit Depressionen. Der schwarze Mann. Bruno hatte auch schwarze Haare, denke ich. Die Therapeutin sagt, ich müsse damit aufhören. Und das würde ich tun, wenn ich nur wüßte, mit was ich statt dessen anfangen könnte. Ich habe meinen Mann verloren. Und Übriggebliebene sind Aasfresser, sie nehmen, was geblieben ist. Man wird so genügsam. Eine Krähe über einem Büffet aus hart gewordenen Erinnerungsbröckelchen. Ich schäme mich dafür, daß ich Angst davor habe, daß irgendwann nichts mehr übrig ist.

Im Studio, wenn noch niemand da ist, nehme ich manchmal die Langhanteln und stecke so viele Scheiben darauf, bis mir das Gewicht langsam die Arme zu den Zehen runterbiegt.

Die Langhanteln mag ich. Weil sie nichts warm machen kann und nichts weich. Wenn ich beim Bankdrücken hinter den Kunden stehe, muß ich lächeln, wenn sie wieder versuchen, mit einem heimlichen Hohlkreuz die Hantel zu bescheißen. Weil das nichts hilft, blecken sie die Zähne, und dann wachen die Adern auf und treten an der Stirnseite hervor, schreiend blau, wie ruhegestörte Anwohner. Ich kriege immer ein bißchen Angst, wenn ich das sehe. Aber die Hanteln, die kriegen nie Angst.

»Ab«, keucht der Mann, der jetzt unter mir auf der Bank liegt. Ich nehme ihm seufzend die Langhantel ab und lege sie sorgfältig in die Halterung zurück. Der Mann schwitzt Pfützen in sein T-Shirt aber die Hantel, die ist kalt. »Erhaltungsreiz«, sage ich streng, als ihm die Arme vom Körper ab und auf den Boden fallen. Er schaut hoch. »Wenn die Muskeln einmal angefangen haben zu arbeiten, brauchen sie immer mehr Anstrengung. Nicht, damit sie wachsen, sondern damit sie nicht abgebaut werden. Das heißt Erhaltungsreiz.« Der Mann setzt sich mühsam auf, und dann lacht er sich das Gesicht noch röter: »Das ist ja wie bei Frauen. Die wollen auch immer mehr, wenn sie mal verheiratet sind. Aber ich laß mich jetzt scheiden, und geheiratet wird so schnell nicht mehr.« Ich sehe ihm nach, als er zur Umkleidekabine geht. Das T-Shirt ist ihm aus der Hose gerutscht, ich kann den Bund seiner Unterhose sehen. Er heißt Hermann. Im Computer finde ich seine Adresse. Ich werde mich mehr um ihn kümmern müssen.

Die Kollegen sind mir dankbar, daß ich ihnen Kunden wie Hermann abnehme. Und ich kümmere mich gerne um die alten Männer, bei denen der Bauch sanft über den Gummizug der Hose hängt wie aus der Form gelaufener Kuchenteig. Sie erinnern mich an Bruno. Mein Bruno. Sechzehn Jahre waren wir verheiratet, zum Fünfzehnjährigen hat er mir noch Torte ans Bett gebracht. Käsesahne vom Konditor.

Früher, also als wir noch jung waren, da bin ich sonntags immer Croissants holen gegangen. Bruno hat sonntagmorgens immer besonders gut geküßt. Und wenn draußen Wind war, hab ich jedesmal gedacht, da wären Brandlöcher in meinem Gesicht.

Die Croissants haben wir dick mit Butter bestrichen und dann gemeinsam Zucker draufgestreut. So viel, bis man sie gerade – aber ganz gerade – noch essen konnte. Wer am meisten Zucker drauf hatte und seins trotzdem noch gegessen hat, der hat gewonnen. Und wenn man reingebissen hatte, mußte man es auch aufessen, so war das Spiel. Manchmal versuche ich das jetzt wieder. Ich esse sie immer auf. Manchmal übergebe ich mich danach, aber ich weiß trotzdem nie, ob ich jetzt gewonnen habe oder nicht. Denn das Schönste war immer, wenn wir die Croissants wegwerfen mußten.

Kurz nach dem Fünfzehnjährigen hat er mit der Diät angefangen. Ich hab ihn sehr dabei unterstützt, er war ja wirklich ein bißchen zu dick. Eine Proteindiät. Die hilft, hat Bruno gesagt. Also hab ich rotes Fleisch gekauft. Dann wollte er mit dem Gewichtheben anfangen. Ich hab mir Sorgen gemacht, in seinem Alter, na ja. Hätte ich doch nur. Aber ich hab ihm sogar vorher immer das T-Shirt gebügelt. Ich hab ein neues gekauft, weil Bruno hatte nur welche mit Aufdruck vorne, von der Käserei und vom Gartencenter, und so wollte ich ihn nicht gehen lassen. Na, ich hab ihm dann ein schwarzes gekauft, ein schickes. Und das hat er immer angezogen, das schwarze, das ich ihm gekauft habe.

Hermann trägt immer ungebügelte T-Shirts, aber er ist auch schon von zu Hause ausgezogen. Seine Frau wohnt noch in dem gemeinsamen Haus. Ein großes, weißes, mit einem Sandkasten davor, wie ich vorgestern festgestellt habe.

Einen wie Hermann nennen die Kollegen heimlich »Anturner«. Das ist kurz für: »Alter mit neuer Turnhose«. Jeder von ihnen hat neue Turnhosen. So neu, daß man immer denkt, sie sind geklaut, weil der Rest so alt ist. Aber es sind nur die Turnhosen, die nicht mehr passen. Die Turnschuhe sind noch vom Sportabzeichen, und die T-Shirts tragen sie sonst zum Fernsehen. Bei Hermann waren heute noch Chipskrümel drauf. Als ich mich auf der Bank über ihn gebeugt habe, um ihm die Hantel abzunehmen, konnte ich die fettige Spur sehen, nach rechts unten, wohin er versucht hat die Krümel wegzustreichen. Männer wie Hermann rühren mich, weil sie sind so – verwaschen. Was eben so passiert im Lauf der Zeit, Lieblingspullover, Lieblingsmänner. Verwaschen. Ich mag das, das ist schön.

Hermann kommt dreimal die Woche, wir verstehen uns gut. Er will, was alle wollen. Trizeps, Bizeps, Latissimus. Ich bin streng mit ihm. Unter drei Sätzen zu fünfzehn Wiederholungen geht bei mir nichts. Ich tue das für Bruno. Bruno war ein Lowgainer, wie Hermann. Einer mit zu vielen weißen Muskelfasern, die sind träger als die roten, und da muß man härter ran. Manchmal denke ich, daß Bruno eine einzige weiße Muskelfaser war, und dann muß ich ein bißchen lachen. Mich hat das nie gestört. Und ihn auch nicht, na ja, jahrelang nicht. Als es dann passierte, hatte er immer noch einen dicken Bauch. Obwohl er schon drei Monate trainiert hatte.

Ich richte es immer so ein, daß ich nach Hermann Pause habe. Dann lädt er mich noch an die Bar ein und erzählt mir von seiner Frau. »Was heißt schon Liebe«, sagt er dann und wischt sich den Mund ab. Und wenn alles geregelt ist, sagt Hermann, dann sucht sich seine Frau mit dem Sohn eine neue Wohnung, und er zieht mit Marina in sein Haus zurück.

Ich habe Bruno immer geliebt, denke ich still und spanne alle Muskeln an, damit sie so hart werden wie die Langhantel und das, was Hermann über die Liebe sagt, sich an mir die Zähne ausbeißt. Ich nehme das Glas mit dem Vitaminsaft in beide Hände, und dann fällt es runter, weil ich es zu fest gehalten habe. Ich habe Bruno beidhändig geliebt. Manche Leute lieben, wie sie Rechtshänder sind oder Linkshänder. Aber ich, ich habe ihn immer beidhändig geliebt.

»Hermann«, sage ich, »sollen wir morgen deine Hantelbank kaufen gehen?« Ich habe ihn überredet, eine Hantelbank zu kaufen, fürs Bankdrücken zu Hause. Es war nicht schwer. Alles, was ich sagen mußte, war: Marina wird beeindruckt sein.

Am nächsten Tag stehen wir im Sportgeschäft. Hermann will noch eine Zusatzauflage. »Für gegen den Bauch«, sagt er dem Verkäufer und grinst verlegen und klopft auf den Bauch, den er eingezogen hat. Wir kaufen auch die.

Mit Bruno einzukaufen war immer schön, denke ich. Im Supermarkt hat er immer Unmengen eingekauft, Paletten voller Joghurt und Dosen voller Gurken und Würstchen und Klopapier für die nächsten drei Jahre. Und einmal, weil der Wagen schon so voll war, daß alles oben runtergerollt ist, hatte er sogar fast eine kleine Erfrierung in der Handfläche, weil er die drei Tiefkühlhühner festhalten mußte, während wir an der Kasse anstanden. Bruno hat nie genug gekriegt.

»Lieber noch die Zehn-Kilo-Scheiben dazu«, sage ich zu Hermann.

Ich hab Bruno nie gebremst. Ist doch schön, wenn ein Mann sich so sorgt. Er hat auch immer die schweren Sachen nach oben getragen.

»Nein, die Zehn-Kilo-Scheiben sind nicht zu schwer, Hermann. Du mußt dich schließlich noch steigern.«

Und zu Hause hat Bruno dann immer sofort alle Sachen ausgepackt und auf den Küchentisch gestellt und auf die Anrichte und meistens noch im Wohnzimmer auf den Fernseher, weil die Küche zu klein war. Auf das Flurschränkchen hat immer genau eine Palette süße Sahne gepaßt, wenn man das Telefonbuch weggeräumt hat. Dann sind wir gemeinsam durch die Wohnung gelaufen, Hand in Hand wie durch einen Supermarkt. Und dann ist Bruno noch mal alleine zwischen der Küche und dem Wohnzimmer hin und her und hat die Sachen rausgesucht, die ich kochen sollte. Manchmal hat das fast eine Stunde gedauert. Das hat ihm immer richtig Spaß gemacht. Am ersten Tag ohne ihn, da bin ich sofort in den Supermarkt gelaufen und habe die ganze Wohnung vollgestellt. Dann habe ich mich auf das Sofa gesetzt und die Reihe mit den Himbeerjoghurts auf dem Fernseher angeschaut. Wie Kerzen standen die da. Fast hätte ich sie angezündet, als Erinnerung. Na, das war da, als ich angefangen habe zu rauchen. Ich wollte so sehr, daß die Wohnung kleiner wird, mit all den Einkäufen. Früher, mit Bruno, da war sie immer viel zu klein, wenn wir vom Supermarkt kamen. Aber jetzt, statt dessen, wurde sie immer größer. Wie geschwollen.

»Nein, alles in Ordnung, Hermann. Wirklich. Haben wir alles?«

Wir gehen zum Auto. Und dann noch mal zurück, weil der Verkäufer vergessen hat, die Sicherheitsklemmen mit aufzuschreiben. Die Sicherheitsklemmen verhindern, daß die Hantelscheiben abrutschen können. Die sind wirklich sehr wichtig.

Die Hantelbank wird drei Tage später geliefert, und ich habe Hermann versprochen, sie mit ihm aufzubauen.

»Das ist wirklich nett von dir«, sagt Hermann.

»Klar, ist doch kein Problem«, sage ich, »ich könnte am Samstag vormittag kommen.« Samstag nachmittags kommt immer Marina. Jedenfalls hat sie das die letzten fünf Wochen getan, als ich von dem kleinen Park aus Hermanns Haus beobachtet habe. Sie kommt immer ziemlich pünktlich um vier, und wenn wir um elf anfangen, die Bank aufzubauen, müßte das leicht reichen.

Am Samstag um zehn klingele ich bei Hermann. Er trägt dasselbe T-Shirt, mit dem er immer ins Studio kommt. Ich habe Brötchen mitgebracht, und Hermann holt umständlich Teller aus dem Schrank und kocht Kaffee.

»Kommt eigentlich deine Freundin heute?« Ich schneide ein Brötchen auf, dann fällt es nicht auf, wenn ich ihn nicht anschaue.

»So gegen vier«, sagt Hermann. »Aber na ja, vielleicht sollten wir bis dahin fertig sein. Weil, na, ich hab ihr gesagt, ich würde das Ding alleine aufbauen. So als Mann. Du weißt schon.« Er schneidet jetzt auch ein Brötchen auf.

»Aber klar«, sage ich herzlich. »Natürlich. Gar kein Problem.«

Wir packen die Hantelbank aus. Für die Plastikhülle brauchen wir ein Messer, so dick ist die. Ich lasse Hermann nur das Plastik aufschneiden, er soll sich schonen. Die Bank hat eine verstellbare Ablage für die Hanteln, die ich ganz oben festziehe. Ich arbeite langsam und konzentriert. Hermann schaut zu. Es ist eine gute Bank, kratzfestes Fünfzig-Millimeter-Stahlrohr. Auf dem schwarzen Leder ist ein roter Drache aufgedruckt, den ich lächerlich finde. Ein Drache unter dem Arsch. Aber im Laden hat Hermann die Bank mit dem Drachen so auffällig ignoriert, daß er mir leid getan hat und ich vorgeschlagen habe, doch die zu nehmen anstatt der schlichten schwarzen.

Hermann packt das Styropor von den Gewichtsscheiben weg und versucht, zwei Zehn-Kilo-Scheiben mit einer Hand zu heben. Als sie polternd auf den Parkettboden fallen, zieht er schnell die Finger weg. »Oder vielleicht hätten wir doch lieber eine Maschine nehmen sollen?« fragt Hermann und lutscht sich gequält den kleinen Finger. Ich ziehe die letzte Schraube am Bankunterboden so fest, daß sie im Rohr verschwindet. »Hanteln sind besser als Maschinen. Da werden auch die kleinen Muskelgruppen beansprucht, weil du die Hantel ja im Gleichgewicht halten mußt«, sage ich.

Die Gewichtsscheiben staple ich sorgfältig an der Wand, nach Kilogramm geordnet. Links die Zweier, in der Mitte die Fünfer, dann die Zehner. Dann legt er sich umständlich auf der Bank zurecht und macht Probedrücken. Nur mit der Stange, ohne Gewichte. »Hep«, sagt er jedesmal, wenn er sie hochdrückt. Er sieht konzentriert aus. »Hep.«

Dann mache ich mich fertig zum Gehen.

»Danke noch mal«, sagt Hermann, »das war wirklich nett.«

Ich lächle freundlich. Als ich fast an der Tür bin, drehe ich mich noch mal um. So, als wäre mir gerade noch etwas Wichtiges eingefallen.

»Sie kommt um vier, oder?«

Hermann nickt.

Ich lache ein bißchen und tue verlegen.

»Na ja«, sage ich, »Sport hebt den Testosteronspiegel. Um bis zu fünfzig Prozent, und zwar stundenlang.«

»Tatsächlich?« sagt Hermann langsam und spannt prüfend seinen rechten Bizeps an, der nicht sehr ausgeprägt ist. Er läßt den Arm fallen. »Tatsächlich?«

»Hm«, sage ich. Gleich ist es soweit.

Hermann schweigt.

»Also«, sagt er schließlich langsam, »du hast bestimmt was vor. Aber wenn nicht, dann könnte ich ja ein bißchen drücken. – Das wollte ich sowieso«, schiebt er noch schnell nach. »Und wenn du Zeit hast, nur eine halbe Stunde, vielleicht könntest du Hilfestellung geben?«

Als er sich vorsichtig auf der Bank zurechtgelegt hat, fällt ihm noch etwas ein.

»Ich habe einen Freund, Peter, dem habe ich deine Nummer gegeben. Dem geht es gerade ähnlich wie mir. Muß schnell ein bißchen fit werden«, sagt er und zwinkert mit den Augen.

»Danke«, sage ich, »das ist wirklich nett.«

Hermann nickt zufrieden. Dann fragt er unsicher: »Glaubst du, eine halbe Stunde reicht auch wirklich?«

»Klar, Hermann«, sage ich und stecke ruhig die Sicherungsklemmen hinter den Zehn-Kilo-Scheiben fest. »Eine halbe Stunde reicht völlig.«

Er fängt an zu pumpen, und ich stehe hinter ihm, wie ich immer hinter ihm stehe, um ihm die Hantel abzunehmen, wenn er nicht mehr kann.

»Rücken runter«, sage ich streng. »Du willst doch keinen Bandscheibenschaden.«

Hermann dreht kurz den Kopf von rechts nach links, mehr geht nicht.

»Arme ganz ausstrecken«, sage ich und drücke ihm die Ellenbogen durch. »Sonst wird das nichts.«

Nach drei Sätzen und fünfzehn Wiederholungen kann er nicht mehr. Er ist wirklich ein Lowgainer.

»Ab«, keucht er. Die Halterungsstange ist zu hoch angeschraubt, als daß er die Hantel selbst wieder zurücklegen könnte. Er braucht mich.

»Hermann«, sage ich sanft, »das hat jetzt noch nicht wirklich was gebracht. Komm, einen schaffst du noch.«

Ich knie mich neben ihn auf den Boden, ein Ringrichter, der anzählt, und strecke den Daumen in die Höhe. Einen noch.

Hermann stöhnt, als hätte ich ihn geschlagen. Zögert, die Hantel schlingert schon, als er versucht, sie zu senken, ohne daß sie seinen Kehlkopf zerdrückt. Seine Hände sind so weiß und naß wie Waschlappen, ich wette, man könnte sie auswringen. Er schafft es tatsächlich, sie noch mal hochzukriegen. Er ist im Hohlkreuz, die Arme sind nicht durchgestreckt, aber da sehe ich jetzt drüber weg. Er dreht den Kopf zu mir, die Zähne zusammengebissen, stolz. Seine Haare sind so naß, daß ich fast in Versuchung komme, sie ihm aus dem Gesicht zu streichen.

Ich lehne mich in einigem Abstand von der Bank an die Wand.

»Sehr gut, Hermann«, sage ich lächelnd. »Sehr gut.« Dann verschränke ich die Arme.

Hermanns stolzes Lächeln löst sich im nassen Rot seines Gesichts auf, dafür werden seine Augen plötzlich riesengroß. »Ab«, keucht er und verrenkt sich fast den Kopf, um mich anzuschauen. Doch, tatsächlich, es klingt schon panisch. »Ab, ab, ab.«

Das ist in etwa der Zeitpunkt, an dem die Maximalkraft einsetzt. Eine ganz erstaunliche Einrichtung des

Körpers, denn unter normalen Umständen, und dazu zählen selbst Wettkampfbedingungen, ist der Mensch niemals fähig, mehr als etwa fünfundachtzig Prozent des Maximalgewichts zu heben. Aber im Notfall, etwa jetzt, etwa zu dem Zeitpunkt, an dem die Augen aufquellen, mobilisiert der Körper die restlichen fünfzehn Prozent. Das geht wie auf Knopfdruck und ist immer wieder beeindruckend zu sehen. Hermann nutzt die Maximalkraft im Reflex, um die Hantel noch höher zu drücken. Weiter von sich weg. Ich schüttele den Kopf. Hermann kann nicht mehr schreien, das ist das Gute daran. Er keucht stoßweise, unregelmäßig, laut mit weit aufgerissenen Augen. Zu strampeln hat er schon aufgehört. Beim Training braucht der Körper Sauerstoff, um Zucker und Fette zur Energiegewinnung zu verbrennen. Als Abfallprodukt bleiben nur Wasser und Kohlendioxid übrig, das über die Lunge ausgeschieden wird. Hermann verbrennt gerade sehr viele Fette.

Ich sehe, wie er versucht, die Hantel aus dem Gleichgewicht zu bringen, damit die Gewichtsscheiben an einer Seite runterrutschen. Aber deshalb sind wir schließlich extra noch mal in den Laden zurück, um die Sicherheitsklemmen zu kaufen. Die Arme knicken ein. Sollbruchstellen hat das der Handwerker genannt, der mein letzter Kunde war. Er hatte ja so recht.

Es geht zu schnell, deshalb sehe ich nicht, ob er die Augen vorher zumacht. Das passiert fast immer, ein Reflex, vermute ich. Ich glaube nicht, daß er ganz unglücklich gestorben ist. Denn nach meinen Berechnungen müßte es einen Bruchteil einer Sekunde der Erlösung geben – nachdem die Arme vom Gewicht befreit sind und noch bevor das Gewicht den Kehlkopf zerdrückt.

Es ist vierzehn Uhr. Ich gehe, als ich sicher bin, daß er tot ist. Tot mit einem Drachen unter dem Arsch. Hoffentlich hat Marina einen Schlüssel.

Die Freundin von Bruno heißt Christina. Das war das einzige, was ich gefragt habe, nur das. Wie sie heißt. »Christina«, hat er gesagt. »Christina, 32.« Damals, im Wohnzimmer, kurz nach dem Fünfzehnjährigen, als Bruno mir erklären wollte, daß Liebe sterben kann. »Und manchmal eben noch vor Mann und Frau«, hat er gesagt.

»Aber das tut sie doch nicht«, habe ich geschrien, »das ist doch nicht wahr!«

»Doch«, hat Bruno gesagt, »das tut sie manchmal.«

Drei Tage später ist er ausgezogen. Zu Christina, 32.

Vor sechs Jahren hat mir Bruno mein Leben weggenommen und es ihr gegeben, und niemand hat ihn dafür bestraft.

Draußen sehe ich, daß jemand eine Nachricht auf dem Handy hinterlassen hat. Eine Nachricht in Abwesenheit. Ich höre sie ab und muß lächeln.

Zu Hause vor der Tür brauche ich eine Weile, um das Schlüsselloch zu treffen. Was mich ärgert, ist, daß danach immer die Hände zittern. Gebärdendolmetscher meines Pulses. Lächerlich. Hände, die ihre Klappe nicht halten können. Ich gebe ihnen eine

Zigarette und Feuer. Die Zigarette fällt runter und ins Waschbecken. Die erste danach rauche ich immer nur im Bad, seit den zwei großen Löchern im Wohnzimmerteppich. Die Asche zischt noch im Wasser, erstaunlich lang, aber dann wird sie still und schlaff. Alle werden sie still und schlaff am Ende, denke ich. Dann gehe ich zum Telefon, um Hermanns Freund zurückzurufen. Er wollte dringend einen Termin.

Artenvielfalt

Zuletzt spricht Herr P. über Schützenfische und deren erstaunliches Jagdverhalten. »Sie töten mit einem gezielten Wasserstrahl kleinste Insekten, die sich oft Meter über der Wasseroberfläche befinden«, sagt Herr P. und wischt vorsichtig etwas Staub vom Maul eines wahren Prachtexemplars. Achtundzwanzig Zentimeter lang, streifenartige Musterung, Ostasien.

Neun der zwölf Schüler versuchen, ihre roten Mützen nacheinander über den nach oben gebogenen Rüssel eines *Elephas maximus* zu werfen wie auf einen Garderobenhaken. Die Lehrerin lächelt entschuldigend, als sie schnell zwei gelungene Würfe entfernt.

Elephas maximus, denkt Herr P., als er es sieht. Auch Asiatischer Elefant genannt, sechzigtausend Muskeln im Rüssel. Kann eine im Gras versteckte Pythonschlange riechen.

»Ein großartiges Museum«, sagt die Lehrerin später. »Wie furchtbar, daß es ab morgen geschlossen sein wird.« Sie ist hübsch (perfekte Symmetrie der Gesichtszüge) und schwitzt, als sie ihm die Hand geben will (achtzigtausend Bakterien pro Quadratzentimeter Haut, bei Hitze noch mehr).

Später macht er den Schlüssel von seinem Bund und gibt ihm den Pförtner. Die Wohnung liegt fast direkt neben dem Museum. Er muß über einen Rasen laufen (Chlorophyll, und pro Quadratmeter Erde mehr Kleinstlebewesen als Menschen auf der Erde), dann hundert Meter Asphalt (großer Teeranteil, gewonnen bei Erdöldestillation), vorbei an einem Bekleidungsgeschäft, genauer: an dessen Schaufenster (Quarzsand, Soda, Natriumsulfat).

In der Wohnung steht er im dunklen Flur. Macht kein Licht, will allein sein jetzt. Er atmet tief ein und wieder aus. Denkt: Kohlendioxid. Beruhigt sich etwas und tritt ins Wohnzimmer. Geht langsam über den Teppich. Nylonfasern. Nimmt eine Decke vom Sofa. Wolle. Blau. Geht ins Schlafzimmer. Staub. Holz. In der Küche nimmt er eine Tasse vom Regal. Vorsichtig, wie er es immer bei den kleinen Moorfröschen getan hat. Die zerbrechen auch so leicht. Er dreht die Tasse auf den Boden, da, wo bei den Moorfröschen das Geschlecht ist. Porzellan. Hutschenreuther. Und im Bad: Kacheln. Baumwolle. Plastik. Kalk.

Als er schlafen geht, schmeckt er nacheinander die Wörter auf der Zunge ab wie Schokolade. Nylonfasern. Wolle. Blau. Staub. Holz. Porzellan. Kacheln. Baumwolle. Plastik. Kalk.

Er hat sich die Wohnung für später aufgehoben wie ein Geschenk. Man kann sich eine Wohnung für später aufheben, kann sich mit lustvoll gezügelter Vorfreude eine Kristallvase kaufen und ins Regal stellen. Nicht weil sie schön ist, sondern weil sie aus Kristall ist und Kristall noch fehlt. All die Jahre hat

Herr P. seine Sammlung erweitert. Hat aufgehäuft für schlechte Zeiten. Herr P. hat immer gewußt, daß schlechte Zeiten kommen würden. Dazu kennt er sich in der Evolution der Säugetiere zu gut aus. Herr P. hat vorgesorgt und sich als Vorrat eine Wohnung angelegt.

Mit Bronzefiguren, Gummibaum, Stehlampen aus Kupfer, Apfelblütengestecken, Schallplatten, Safranpulver, Cornflakes, Kuchenpinsel, essighaltigem Putzmittel und Kalkresten am Waschbecken. Diesen gewaltigen Schatz unangetastet zu lassen war nicht schwer gewesen. Den letzten Jahresurlaub hat er sich auszahlen lassen, um mit dem Geld dem Museum das Präparat einer seltenen Äskulapnatter zu kaufen. Davor war es eine sechsundzwanzigbändige Enzyklopädie über Insekten. Und davor die Goldfliegensammlung. Insekten waren in der Bibliothek des Museums eindeutig unterrepräsentiert, was Herr P. als unverhältnismäßig empfand, machen sie doch achtzig Prozent aller lebenden Arten aus.

Am nächsten Morgen wacht Herr P. früh auf. Still bleibt er im Bett liegen, damit die Aufregung nicht verrutscht, irgendwohin, wo er sie nicht mehr kontrollieren kann. Zuerst müssen alle Bestände katalogisiert werden. Dann in Arten, Gattungen, Familien, Ordnungen und Klassen eingeteilt werden. Schließlich die Krönung: die richtige Präsentation der Stücke in ihrem natürlichen Lebensraum – dem Wohnzimmer, der Küche, dem Bad, dem Schlafzimmer, dem Flur.

Herr P. hat die Augen geschlossen und liegt ganz still.

Schließlich steht er auf, um ins Bad zu gehen. Am Waschbecken ist er vorsichtig genug, die Kalkreste nicht wegzuwischen. Möglicherweise wird er für die eher flüchtigen und zerbrechlichen Bestände Reagenzgläser und Etiketten zur Beschriftung brauchen.

Er betritt das Wohnzimmer mit einer Pinzette, einer Milligrammwaage, einem Kugelschreiber und einem großen Block in der Hand – nur einseitig wird er ihn beschreiben wegen der Übersichtlichkeit – und kniet sich in der linken unteren Ecke des Wohnzimmers auf den Teppich. Er wird sich in parallelen Linien an die gegenüberliegende Seite des Raumes vorarbeiten. Auf und ab. Anschließend wird er sich die Wände und die Regale vornehmen. Er weiß, Polizisten an Tatorten arbeiten so.

Für den Teppich im Wohnzimmer braucht er fast bis zum Abend. Er notiert unter anderem sechs Gramm Sand, vier Haare, zwanzig Gramm Staub, eine Büroklammer, einen Reißnagel, einen Bildernagel, zwei Reiskörner, ein Sofa, zwei Kissen – und eine tote Drosophila, die er mit der Pinzette aufnimmt und stirnrunzelnd zur Seite auf das Fensterbrett legt wie eine Gräte. Gehört nicht hierhin.

Daß Staub in mehreren Variationen vorkommt (Fluse, Knäuel), verwirrt ihn kurz. Er entscheidet sich für die Fluse als Singular, ist sich aber doch nicht ganz sicher, wie groß das Singular einer Fluse ist. Ist die Fluse an sich möglicherweise schon Plural? Herr P. beschließt, sich diesem Problem später zu widmen. Vorerst wird er eine Fluse als Vertreter ihrer Art aufbewahren.

Gegen Mittag stößt er auf einen winzigen Fleck, der möglicherweise vom Rotwein seines Vormieters herrühren könnte. Herr P. schneidet den Fleck sorgfältig mit einer Schere aus dem Teppich, versieht ihn mit einem Schildchen, auf das er »Rotwein?« schreibt, und legt ihn zu den anderen Stücken. Dort, auf dem Tisch, hat er ein großes Stück Packpapier ausgebreitet, auf dem sich später noch zwei braune Blätter des Gummibaums und ein gelbes finden werden, zwei Zeitschriften und ein Telefonkabel. Ebenso wie zwei Stifte, wobei Orange als Untergruppe von Blau einzuordnen ist, da keine Primärfarbe. Das Sofa ist ein Problem. Herr P. löst das Problem, indem er das Sofa fotografiert und das Foto auf das Blatt Papier legt. Ebenso die Stühle. Was die Präsentation der Arten betrifft, so wird er sich später Gedanken machen. Möglicherweise wird er das Sofa umstellen müssen, nun ja. Schließlich schneidet er noch zwei Fasern des Nylonteppichs heraus und legt sie dazu.

Herr P. ist sehr glücklich, als er an diesem Abend zu Bett geht.

Die Wände mit den Regalen kosten ihn mehr als drei Wochen, eintausendsiebenhundertsechsundvierzig Posten hat er am Ende aufgelistet. Nun beginnt seine eigentliche Aufgabe, die Bestimmung der Arten und ihrer Zuordnung zu den Gattungen und Familien. Herr P. wird sich dabei nicht von ihrer Gebrauchsform beeindrucken lassen. Nicht mehr als eine lästige Kruste, die es abzubrechen gilt, um das Wesentliche wieder sichtbar zu machen. Herr P. schätzt das Wesentliche, keine Verkleidungen. Verkleidungen machen Herrn P. nervös.

Er beginnt, indem er mehrere Lagen des Packpapiers sorgfältig nebeneinander auf dem Teppich ausbreitet, so daß sie große, quadratische Inseln bilden.

Danach entspannt er sich kurz auf dem Sofa (Baumwolle, Schaumstoff, Holz) bei der Lösung seines derzeitigen Lieblingsproblems: Ist es zu gewagt, die Veilchentapete am Ende neben dem Gummibaum zu präsentieren? Herr P. sieht durchaus eine gewisse biologische Berechtigung im weiteren Sinne, läßt sich dann aber dann doch nicht hinreißen. Der Gummibaum wird neben der Bleistiftmine, der Nadel des Plattenspielers, dem Schimmel und den beiden Stiften präsentiert werden (Plastik, gewonnen aus Erdöl, also Rohstoff). Wobei es allerdings doch noch Platz für die Tapete gäbe, betrachtet man den nicht unwesentlichen Holzanteil. Dann fällt ihm das Sofa ein. Der Schaumstoff müßte abgetrennt werden, natürlich. Herr P. macht sich eine Notiz und streicht anschließend auch gleich den Schimmel aus der Reihe: organisch zwar, aber sicherlich nicht in der Gruppe der Rohstoffe. Wie dumm von ihm.

Herr P. macht an diesem Abend mehrere Fehler. Der verhängnisvollste ist, das Wohnzimmer zu verlassen. In der Küche sieht er den Kuchenpinsel. Er nimmt ihn mit ins Wohnzimmer und sortiert ihn neben die Teppichfasern. Anschließend nimmt er die beiden Filzstifte aus der Reihe der Rohstoffe und legt sie neben den Kuchenpinsel (Plastik). Nein. Schneidet die Fasern aus dem Pinsel. Legt das restliche Plastik zu den Rohstoffen. Hat die Pinselfasern immer noch in der Hand. Legt sie wieder neben die Teppichfasern. Faßt dabei die Teppichfasern an. Anders. Andersandersanders. Das Wort »Wollanteil« taumelt über seine Lippen.

Herr P. versucht, tief zu atmen, und greift nach der leeren Tüte mit den Kartoffelchips, die er für solche Notfälle bereitgelegt hat. Er versucht, sich auf die ganz hervorragende Liste der Inhaltsstoffe auf der Rückseite zu konzentrieren, bis sein Atem wieder ruhig wird. Atmet tief ein und wieder aus. Denkt: Kohlendioxid. Und: Alles wird gut. Dann geht er zu Bett und liest die Liste auf der Chipstüte noch einmal. Und noch einmal, bis er schließlich einschläft. Eine Gutenachtgeschichte aus einer besseren Welt.

Herr P. verläßt die Wohnung nicht mehr, Lebensmittel läßt er sich anliefern. Das einzige, was ihn dabei ärgert, ist, das Telefonkabel kurzfristig wieder zum Gebrauchsgegenstand rückfunktionieren zu müssen und es in die Buchse zu stecken. Herr P. schläft nicht mehr im Schlafzimmer. Er hat sich eine Matratze zwischen die Packpapierblätter ins Wohnzimmer gelegt. Er hat Angst vor der Nachttischlampe aus Metallschrauben, Glas, Klarlack, Plastik, Gummifuß und Wolframdraht.

Als er eines Abends einen kleinen Weberknecht zwischen dem Packpapier der Gruppe 4b und 4c laufen sieht, geht Herr P. in die Knie und fängt an zu weinen. *Phalangium opilo*, flüstert er, kein Netzbauer, undeutlich gegliederter Hinterleib, Oberkiefer endet in kleinen Scheren.

Es klingt wie ein Dankgebet.

Die Bauchschmerzen beginnen einige Wochen, nachdem Herr P. zum letztenmal eine Bestimmung durchgeführt hat. Herr P. klassifiziert nicht mehr. Er liegt auf seiner Matratze und murmelt lange Reihen von Wörtern, die er aufschreibt und mit Tesafilm auf den dazu passenden Band der Lexika klebt, die neben ihm auf dem Boden stehen. Er läßt jeden Zettel für genau zwei Tage auf dem Lexikon. Am Abend des ersten Tages wendet er ihn vorsichtig, wie man Fleisch in der Pfanne wendet, damit es von jeder Seite braun wird und gar. Bei manchen Stoffen preßt Herr P. stundenlang mit der Handfläche den Zettel auf den Einband des Lexikons, um eine bessere Durchdringung des Gegenstands auf dem Zettel mit der Gegenstandsanalyse im Lexikon zu forcieren. Herr P. reißt die dicken Ledereinbände der Lexika ab, um dem Informationsstrom wenigstens ein Hindernis aus dem Weg zu schaffen. Wenn Herr P. einen Zettel nach zwei Tagen abnimmt, mit einem roten Haken versieht und auf einen neuen Stapel legt, ist er gewellt vor Nässe. Was Herr P. glücklich auf eine chemische Reaktion zurückführt.

Abends schreitet Herr P. die Reihe seiner Schützlinge ab, immer je ein Zettel auf einem Lexikon, sechsundzwanzig insgesamt. Er streicht über die Wörter wie Wunden. Wird schon alles gut, flüstert er ihnen zu, und hier und da preßt er die Zettel fester auf die Bücher, wenn er das Gefühl hat, daß es nötig ist.

Die Bauchschmerzen sind etwas, was Herr P. höchst interessiert beobachtet. Ähnlich den Speckkäfern im Park vor dem Museum. Häßliche Käfer, subjektiv gesehen, aber außerordentlich interessant, fürwahr. Herr P. verfolgt seine Bauchschmerzen so aufmerksam, daß er sogar vergißt, nach vierundzwanzig Stunden den Zettel mit »Wachstuchtischdecke« auf dem Lexikonband »Unga–Wat« zu wenden. Zerstreut holt er es am nächsten Morgen nach und legt sich wieder auf die Matratze. Die Bauchschmerzen kommen in Wellen, und wenn Herr P. in der Wohnung herumläuft, werden sie schwächer. Herr P. dreht sich auf den Rücken. Gut. Er drückt auf die Bauchdecke. Tut weh. Nimmt die Finger wieder weg. Tut immer noch weh. Herr P. erinnert sich an das Gesundheitslexikon und findet es auf der Packpapierinsel der Gruppe 38f neben der kleinen Bronzeskulptur, einem Stück roter Geschenkschleife und etwas, das aussieht wie die Sprungfeder eines Kugelschreibers. Herr P. schüttelt irritiert den Kopf.

Er wird an diesem Abend vergessen, sämtliche sechsundzwanzig Zettel auf den Lexikonbänden zu wenden. Am nächsten Morgen schlägt Herr P. das Gesundheitslexikon zu, zieht sich an, steckt das Telefonkabel wieder in die Buchse und ruft den Notarzt.

»Nierensteine«, sagt er am Telefon, »ich habe Nierensteine.« Dann packt er seine Sachen.

Nierensteine. Scharfkantig bis rund. Farbe: dunkelbraun bis grau. Durchschnittliche Größe: zwei bis vier Millimeter. Schleimhautreizung. Krampf der glatten Muskulatur. Besteht aus unlöslichen Harnsalzen wie Oxalaten oder Zystin.

Seit vierzehn Wochen war Herr P. nicht mehr so glücklich.

Er ist so glücklich, daß er dem Krankenwagen entgegenläuft. So glücklich, daß er auf der Straße zwar die irritierende Ansammlung von Zigarettenstummeln, Haarlack, Gummireifen, Zeitungspapier und Lippenstift bemerkt, aber wieder vergißt.

Im Krankenhaus denkt er über eine würdige Präsentation der Nierensteine nach. Möglicherweise könnte er sie neben den Hydrokultursteinen plazieren, die ebenfalls zerklüftet sind, außerdem ähnlich in der Farbe – nein. Herr P. verwirft den Gedanken wieder und streicht beruhigend über seinen Bauch. Sie sind etwas Besonderes, sie werden einen Ehrenplatz bekommen.

Die Tests läßt er unwillig über sich ergehen. Die schmerzlindernden Medikamente versteckt er in der Schublade. Was, wenn die Nierensteine verschwinden? Der Arzt kann ihn beruhigen: »So einfach ist das leider nicht, Herr P.«

Herr P. fühlt sich wohl im Krankenhaus. Hier ist er in Sicherheit. Im Krankenhaus arbeiten Menschen wie er. Menschen, die die Dinge, mit denen sie konfrontiert werden, sezieren und einordnen. Menschen, die sich nicht mit Ahnungslosigkeit begnügen. Wo gibt es das denn noch? Herr P. seufzt und denkt an die Schülergruppen im Museum. Und wie oft er wirklich ganz kurz davor war, wahnsinnig zu werden.

Er gönnt sich ein kurzes, wohliges Schaudern und nimmt sich vor, später mit dem Arzt ein kleines Fachgespräch zu führen. Unter Kollegen, gewissermaßen.

Am Nachmittag wartet der Arzt auf die Ergebnisse und Herr P. auf sein Glück. Und er ist froh, sich zur Beruhigung die leere Chipstüte mitgebracht zu haben. Er schließt die Augen und liegt ganz still, damit die Aufregung nicht verrutscht, irgendwohin, wo er sie nicht mehr kontrollieren kann.

Dann kommt der Arzt.

Ein paar Stunden später öffnet Herr P. seine Wohnungstür und nimmt das Telefonkabel wieder aus der Wand.

Dann steigt er auf einen Stuhl.

Kabel.

Knoten.

Fensterrahmen.

Haare.

Hals.

Zur selben Zeit, im Krankenhaus, tippt eine Lernschwester dem Arzt von Herrn P. auf die Schulter und fragt: »Herr P., ist der schon entlassen? Er hat was vergessen.« Sie öffnet den Kulturbeutel von Herrn P., der eine Pinzette, die Milligrammwaage, einen Stift und ein Blatt Papier enthält.

»Ja, der ist schon weg.«

»Was denn, keine Nierensteine?«

»Nee, der hatte keine Nierensteine.«

»Was dann?«

Der Arzt zuckt mit den Schultern. »Wissen wir nicht.«

Ersatzflügel

Die Rollschuhe sind hellgrün, und hinten haben sie kleine weiße Flügel. Die zittern ein bißchen, wenn man um die Kurve fährt, und ich wette, wenn ich geradeausfahre, auch. Aber nur, wenn es schnell ist oder den Berg runter. Kleine Engelsflügel sind das.

Wir stehen im Laden, und ich kann die Rollschuhe nicht anprobieren, weil meine Mutter schon wieder ein Gummistiefelsohlen-Gesicht macht. Tiefe Rillen auf der Stirn. Da sammelt sich dann immer alles, was ich sage, und dann reibt sie daran herum und vermischt es, und am Ende ist alles gar nicht mehr so, wie ich es eigentlich gesagt habe. Und dann wird meine Mutter sauer, weil sie so viel Unsinn im Gesicht hat. Das versteh ich. Aber wenn sie so ein Rillengesicht macht, ist sie auch selber schuld.

Also stecke ich nur die Hände in die Schuhe und fahre auf dem Parkett hin und her. So schnell es geht, damit ich die Flügel zittern sehen kann. Es fühlt sich gut an. Ich wette, sie sind viel schneller als meine alten Rollschuhe.

Dann kommt meine Schwester, die einen Tennisschläger gekauft hat. Sie nimmt mir den linken Rollschuh aus der Hand und drückt einen Flügel aus der Halterung.

»Laß das«, sage ich, »das gefällt ihnen nicht.«

Ich nehme ihr den Rollschuh weg und stecke sorgfältig den Flügel wieder fest. Dann stelle ich die Rollschuhe ins Regal zurück. Und dann ein häßliches Barbiepuppenauto davor, weil das sowieso nur Leute aus dem Regal nehmen, die keine Engelsflügel-Rollschuhe wollen. Meine Schwester schaut meine Mutter an und sagt, ich hätte einen Knall und was für ein Kinderkram. Aber das macht nichts. Weil der Karton mit dem Barbiepuppenauto sehr groß ist und es die Rollschuhe deshalb bestimmt nicht gehört haben.

Im Auto fällt mir ein, daß ich Papi fragen könnte. Papi hat vor zwei Wochen versprochen, mein Fahrrad zu reparieren. Aber er hat dabei genauso geguckt wie bei Mami, als sie ihn letzte Woche gefragt hat, ob sie zusammen ins Theater gehen. Und wenn ich ihm jetzt sage, daß er das Fahrrad gar nicht mehr reparieren muß, wenn er mir die Rollschuhe kauft, dann guckt er bestimmt auch wie bei Mami, als sie ihm zwei Tage später gesagt hat, daß die Karten ausverkauft sind.

Als wir nach Hause kommen, springe ich als erste aus dem Auto. Ich rufe nach Papi.

»Ich bin im Garten, Engelchen«, schreit er, und ich freue mich, daß ich ihm eine Freude machen kann. Ich renne um das Haus herum und finde Papi am Zaun. Er kniet im Gras, und er winkt, als er mich sieht. Ich bleibe stehen. Seine Hände sind dreckig, und vor ihm liegt ein kaputter Hinterreifen. Papi repariert mein Fahrrad.

Ich renne ins Haus zurück. Nachdem ich meine Tür zugeknallt habe, höre ich im Garten, wie er Mami fragt, was los ist. Ich gehe ans Fenster.

Mami zuckt mit den Schultern. »Es ist bestimmt wegen dieser Rollschuhe«, sagt sie.

»Was für Rollschuhe?« fragt Papi und wischt sich die Hände an der Hose ab. Aber dann gehen sie vorne herum ins Haus, und ich kann nichts mehr hören.

Ich lege mich aufs Bett. Jetzt kann ich es vergessen. Jetzt hat ihm Mami als erste von den Rollschuhen erzählt. Und wenn Mami was nicht gefällt, erzählt sie es so, daß hinterher immer Flecken drauf sind. Wie bei den Druckstellen von den Äpfeln im Supermarkt ist das. Und wer will seinem Kind schon Rollschuhe mit braunen Flecken kaufen? Ich könnte heulen.

Beim Abendessen sage ich gar nichts und schaue wütend. Das ist sicherer. Wie Schuhe, die man mit giftigem Zeug einsprüht, damit ihnen der Regen nichts ausmacht.

Wir geben uns den Teller mit dem Bierschinken über den Tisch und die Butter und den Käse und das Glas mit den Essiggurken und den eingelegten Zwiebeln, und alle reden miteinander, als wäre ich gar nicht wichtig oder nur deshalb, damit meine Schwester die Butter kriegt. Sie hat den neuen Tennisschläger neben ihren Stuhl gestellt. Affig ist das. Dann streicht mir Papi über den Arm und sagt, daß ich aussehe wie eine saure Zwiebel mit Pferdeschwanz, und meine Schwester sagt, das mit dem Mundgeruch könnte hinkommen, und dann stoße ich ihren Tennisschläger um, und Mami sagt: »Schluß jetzt«, und Papi seufzt und fragt: »Also, was ist denn nun mit diesen Rollschuhen?«

Das ist jetzt schwierig. Weil ich mir nicht vorstellen kann, daß Mami sich die Gelegenheit entgehen lassen hat, auf den Engelsflügelrollschuhen Druckstellen zu machen. Also könnte es sein, daß Papi nur fragt, weil er nett sein will und alles schon längst entschieden ist. Andererseits: Ich schaue Mami an, und die hat kein Gummistiefelsohlen-Gesicht.

»Die haben kleine Engelsflügel hinten«, sage ich leise, »und die bewegen sich, wenn man um die Kurve fährt und wenn man geradeausfährt auch. Aber nur, wenn es schnell ist oder den Berg runter.«

Meine Schwester lacht. Papi faltet seine Serviette zusammen. Jetzt kommt die Sache mit meinem Geburtstag, der vor drei Wochen war. Und dann sagt Papi, daß ich ihm doch helfen könnte, den Zaun hinter dem Haus zu streichen. Für jede Latte krieg ich drei Euro, und wenn ich damit fertig bin, kann ich mir die Rollschuhe von meinem eigenen Geld kaufen.

Später, als ich im Bett liege, denke ich an die Engelsflügelrollschuhe und an mein eigenes Geld. Ich ziehe Rotte unter meinem Kopfkissen raus und lege seine Arme so, daß sie eine kleine Höhle bilden. Die ist genau richtig groß für die Engelsflügel. Die mache ich dann abends von den Rollschuhen ab, und Rotte kann sie bewachen. Papi hat gesagt, daß er das kann, weil Rotte nie seine Augen zumacht. Und wenn er mich bewachen kann, dann schafft er auch die Engelsflügel. »Also ist alles geregelt«, flüstere ich, »macht euch keine Sorgen, ihr Engel.«

Ich glaube, der Zaun ist länger, als Farbe im Eimer ist. Er ist länger als die Kellertreppe, und ich glaube, er ist auch länger als der Weg, den die alte Frau Lipschitzky zu ihrer Bonbondose gebraucht hat, wenn ich ihr die Post mitgebracht habe. Bis letzten Monat haben wir noch in einer Wohnung gewohnt, im vierten Stock. Neben der alten Frau Lipschitzky.

Ich gehe den Zaun entlang. Papi sagt, zuerst muß man sich immer einen Überblick verschaffen. Am Ende weiß ich: Ich brauche wirklich länger als die alte Frau Lipschitzky.

Das Gras ist ganz schön hoch. Ich werde aufpassen müssen, daß ich es nicht anmale. Aber vielleicht sieht es auch schön aus. Doch, wir könnten einen weißen Rasen haben. Aber das verrate ich Papi erst mal nicht.

Er hat die alte Farbe vom Zaun schon abgemacht. An der zweiten Latte ist noch ein bißchen. Ich kratze sie mit dem Daumennagel ab und trete einen Schritt zurück. So, jetzt sind alle gleich nackig. Wenn ich mich auf die Zehenspitzen stelle, kann ich ganz gut über den Zaun zu den Nachbarn schauen. Auf der anderen Seite ist der Zaun auch weiß. Gut.

Dann rufe ich Papi im Büro an und sage ihm, daß ich jetzt einen Überblick habe.

Das mit dem Überblick war ziemlich einfach. Also gehe ich am nächsten Tag in den Schuppen, um den Farbeimer zu holen. Ich schleppe ihn zum Zaun und dann wieder zurück, weil es die braune Farbe ist, mit der Papi die Haustür gestrichen hat. Dann kommt meine Schwester und sagt, wenn ich in dem Tempo weitermache, muß ich gar nicht erst anfangen, sondern kann mir die Rollschuhe gleich zu Weihnachten wünschen. Sie sagt dauernd solche Sachen. Mami meint, sie ist in einem schwierigen Alter, und deshalb muß man nachsichtig sein mit ihr. Aber das stimmt gar nicht. Ich bin in einem schwierigen Alter, weil mir nie schnell genug gemeine Sachen einfallen, die ich ihr zurücksagen kann. Und dann ist es immer sie, die grinsend in ihr Zimmer geht. Ich weiß nicht, was daran schwierig sein soll.

Meistens denke ich dann an das, was uns Frau Bauer in Religion erzählt. Das mit den Märtyrern und welche Qualen sie erdulden wegen der Ungläubigen und wie sie dann belohnt werden am Ende. Gut, bei mir werden es also die Engelsflügelrollschuhe sein.

Ich klemme den Pinselstiel unter den Deckel von dem Farbtopf, wie Papi es gesagt hat. Dann tauche ich den Pinsel in die Farbe. Das ist gut. Das ist sogar sehr gut. Und gerade rechtzeitig fällt mir ein, was Papi auch noch gesagt hat. Nämlich daß man die Natur in die Technik immer einbeziehen muß, sonst sieht das Bauwerk künstlich aus. Papi ist Architekt, und ich hab nicht gewußt, was er gemeint hat, aber jetzt weiß ich es. Das Gras und die Butterblumen machen Kreise in der Farbe, bis es aussieht wie Zaubertrankpudding. Ich bin sehr zufrieden. Aber bevor ich anfange zu streichen, gehe ich noch mal schnell zu dem Busch neben der Haustür, wo meine Schwester immer die Schuhe mit den Stöckeln versteckt, wenn sie von der

Schule kommt. Damit Mami sie nicht sieht. Und als ich zurück zum Zaun gehe, bin ich noch zufriedener.

Ich streiche zwei Zaunlatten. Dann fällt mir auf, daß der Zaun ein paar große Löcher hat. Zaunkaries ist das. Das sieht nicht schön aus, auch wenn die Löcher nachher weiß sind. Also suche ich kleine Kieselsteine und klemme sie in den Löchern fest, bevor ich drübermale. Ich streiche vier Latten. Dann überlege ich, daß Papi bestimmt was gesagt hätte, wenn er finden würde, daß die Löcher Kieselsteine brauchen.

Ich setze mich ins Gras und rühre noch zwei Gänseblümchen in den Zaubertrankpudding. Ich hätte gern, daß jetzt was passiert. Im Garten hinter dem Zaun spielt jemand Basketball. Er trifft nicht besonders gut, ich höre immer, wie der Ball auf dem Ring aufschlägt, anstatt gleich ins Netz zu fallen. Peng macht es dann. Durch ein großes Stück Zaunkaries weiter hinten schaue ich in den anderen Garten. Nur ein Junge. Und auch noch so alt wie meine Schwester. Als ich gerade zur Hälfte mit der achten Latte fertig bin, passiert doch noch was. Meine Schwester fängt an zu schreien. Ich kümmere mich nicht darum. Ich bin ziemlich sicher, daß sie Mami nicht erzählen wird, daß ich ihre Stöckel weiß angemalt habe.

Am nächsten Tag kontrolliere ich zuerst die Zaunlatten, die ich gestern gestrichen habe. Sie sind ziemlich gut geworden. Als ich ungefähr einen viertel Rollschuh erstrichen habe, kommt der Junge wieder in den Garten. Es tut mir leid, daß er fast dauernd nur den Ring trifft. Peng. Also gut, denke ich: Wenn beim nächsten Mal, wenn ich den Pinsel in die Farbe tauche, Gras oder ein Gänseblümchen daran kleben bleibt, schafft er mindestens einen in den nächsten fünf Würfen, der direkt ins Netz trifft.

Peng. Peng. Peng.

Na gut, in den nächsten zehn.

Weil nicht genügend Gras und Blümchen im Topf sind, muß ich ziemlich rühren, bis eines hängenbleibt. Und weil ich meine Wette schließlich überwachen muß, schaffe ich nicht mehr als den viertel Rollschuh an diesem Tag. Schließlich kann »kein Peng« ja auch bedeuten, daß er überhaupt nicht trifft. Ich krieche ganz nah an das große Loch im Zaun ran und schaue ihm zu. Er trifft beim siebten Mal. Und dann beim fünften und dann gar nicht und dann wieder beim siebten. Er hat Sommersprossen an den Beinen. Als er gerade zum zweitenmal getroffen hat, ruft ihn jemand im Haus. Seine Mutter vielleicht. »Daniel«, ruft sie.

Ich stehe noch ein bißchen am Zaun rum und warte, ob Daniel vielleicht wieder rauskommt. Dann werfe ich noch ein paar Gänseblümchen in den Topf und warte, ob er vielleicht wieder rauskommt. Und dann bringe ich den Farbeimer in den Schuppen und renne schnell wieder an den Zaun, um zu sehen, ob er vielleicht wieder rausgekommen ist.

Abends fragt mich Papi, ob ich einen schönen Tag gehabt habe im Garten.

Dann passiert einen Tag lang gar nichts, so daß ich aus Langeweile den Zaun weiterstreiche. Ich denk mir, daß die Zaunlatten hungrige Kinder aus Afrika sind, die in einer Reihe stehen und auf meine Farbe warten wie auf was zu essen. Das klappt ganz gut. Man kann nicht wirklich im Gras rumsitzen, wenn hungrige Kinder aus Afrika auf was zu essen warten.

Ich schaffe einen ganzen Rollschuh und ein halbes Päckchen mit Ersatzflügeln.

Am nächsten Tag kommt Daniel erst gegen Abend. Er hat eine blaue kurze Hose an und ein weißes T-Shirt. Dann höre ich das Mofa meiner Schwester. Aber sie fährt nicht in unseren Hof, sondern hält vor seinem Haus. So schnell ich kann, renne ich vor an die Gartentür und verstecke mich hinter dem großen Fliederbusch, um mehr zu sehen. Daniel hört auf zu spielen und kommt an den Gartenzaun. Meine Schwester redet mit ihm. Er redet mit meiner Schwester. Mit meiner Schwester, die ihre neuen braunen Wildlederstiefel anhat. Er zeigt auf ihre Stiefel, und sie lacht. Ich möchte ihm gern sagen, daß sie in einem schwierigen Alter ist, und das sieht man daran, daß sie Pickel hat, aber dann fällt mir ein, daß er ja genauso alt ist. Aber er sieht gar nicht schwierig aus, und Pickel hat er auch nicht. Weil meine Schwester ihr doofes Mofa nicht abstellt, kann ich nichts hören. Sie reden aber nicht lang. Vielleicht so sechs Korbwürfe lang. Das ist nicht lang, das weiß ich genau. Als sie wieder wegfährt, renne ich schnell zurück zum Zaun.

»Hey, Ferkel«, sagt meine Schwester, als sie mich sieht, »du siehst total peinlich aus, was sollen denn die Nachbarn denken?«

Ich habe weiße Flecken auf dem T-Shirt, auf den Turnschuhen und zwei weiße Streifen im Gesicht.

Das ist aber nur, weil das größte Guckloch im Zaun zwischen zwei Latten liegt, die ich schon gestrichen habe.

Ich muß nachdenken. Am nächsten Tag gehe ich nicht gleich nach der Schule zum Zaun. Ich warte in meinem Zimmer, bis meine Schwester zum Tennis geht. Dann hole ich ihre rote Bluse aus dem Kleiderschrank. Die paßt mir, wenn ich die Ärmel hochschiebe, und das ist beim Streichen bestimmt sowieso ganz gut.

Das Dumme ist nur, daß sie wiederkommt, als ich gerade darauf warte, rüberwinken zu können. Nur ganz kurz. Ich hab nur deshalb so lang gewartet, weil er eine echte Pechsträhne hatte, und dann wäre er bestimmt schlechtgelaunt gewesen. Und als meine Schwester kommt, hat er gerade eine tolle Glückssträhne, und deshalb wollte ich warten, weil ich es fies gefunden hätte, ihn zu stören. Aber meiner Schwester ist so was ja egal. Das tut mir jetzt leid für ihn, weil, wenn meine Schwester mal anfängt zu schreien, kann sich keiner mehr konzentrieren.

Als sie mich sieht, fängt sie also an zu schreien. »Suzy«, schreit sie. Und dann: »Du verdammte Kröte.«

Dabei hat ihre Bluse gar nichts abgekriegt. Wär ich ja auch schön blöd gewesen, mit einer fleckigen Bluse rüberzuwinken. Abends krieg ich trotzdem Ärger mit Mami.

»Aber das macht gar nichts«, flüstere ich Rotte ins Ohr, als ich im Bett liege. »Weil, jetzt weiß er, wie ich heiße.«

Beim Frühstück fragt Papi, wieviel von den Rollschuhen ich denn jetzt schon habe.

Ach so. Ich weiß nicht. Ich muß nachrechnen. »Eineinhalb Rollschuhe und ein Päckchen Ersatzflügel«, sage ich.

»Na, dann bist du ja bald fertig«, sagt Papi zufrieden.

Dann gehe ich in die Schule, und weil wir in der ersten Stunde Religion haben, bete ich ganz fest, daß irgendwas passiert. Als ich nach Hause komme, regnet es.

»Danke, lieber Gott«, sage ich.

Es regnet zwei Tage. Zwei Tage, in denen er nicht Basketball spielt und ich nicht den Zaun streichen kann. Wenn ich von der Schule komme, laufe ich ganz langsam an seinem Haus vorbei. Und dann ganz schnell. Als die Haustür plötzlich aufgeht.

Am Samstag nachmittag renne ich wieder in den Schuppen, um den Farbeimer zu holen. Er ist gar nicht mehr schwer. Nur noch so wenig Farbe ist drin, daß man die Gänseblümchenklumpen und verklebtes Gras auf dem Boden sehen kann.

Es ist noch ein halber Rollschuh übrig. Ich darf jetzt keinen Fehler machen. Ich gehe den Zaun entlang und sehe, daß ein paar Latten gar nicht schön gestrichen sind. Das müssen die hungrigen Kinder aus Afrika gewesen sein, wo es schnell gehen mußte. Ich brauche den ganzen Nachmittag, um sorgfältig alle drei Latten noch mal zu streichen.

Daniel wird besser. Und ich wette, daß er einen lautlosen Treffer bei den nächsten fünf Würfen schafft. Er trifft fast jedesmal. Spätestens beim fünften Wurf. Abends schaue ich aus dem Fenster, aber mein Fenster ist auf der falschen Seite. Den Zaun kann nur meine Schwester sehen. Der Himmel hat auch Sommersprossen.

Ich sage Papi, daß ich neue Farbe brauche. Daß die Farbe alle ist, weil sie bei ein paar Latten schon so dick drauf ist, daß nicht mal mehr die großen Löcher im Holz zu sehen sind, sage ich nicht. Papi wundert sich. Er geht den Zaun entlang und sagt: »Aber es fehlen doch nur noch zwei Latten.«

Papi ist schon wieder im Haus, als meine Schwester mit ihrem neuen Freund auf dem Mofa kommt. Sie hat keinen Helm auf, sehr gut. Als sie mich sieht, kommt sie rüber zum Zaun, was sie nie tun würde, wenn sie nicht genau wüßte, daß sie mir was schuldet.

»Was willst du dafür?« fragt sie.

»Dafür, daß ich nicht sage, daß du keinen Helm hast, oder dafür, daß ich nicht sage, daß du den hast?« sage ich und zeige auf den Freund.

Ich glaube, ich weiß schon, was ich von ihr will.

Am nächsten Tag regnet es nicht, aber ich bin krank. Ich bin so krank, daß ich unmöglich weiterstreichen kann. Ich klopfe an die Tür meiner Schwester. Ich will mich in ihr Bett legen. Sie kneift die Augen zusammen, aber schließlich schuldet sie mir von gestern noch was. Bevor sie die Tür zuknallt, zischt sie: »Was immer du hier drin auch vorhast – heute abend bist du wieder verschwunden. Und wehe, du faßt irgendwas an.«

Mami macht sich Sorgen um mich. »Der blöde Zaun«, sagt sie. Und daß es jetzt schon viel zu kühl ist, um den ganzen Nachmittag im Garten zu sein. Aber das stimmt nicht. Daniel spielt noch immer mit kurzen Hosen.

Papi sagt, daß wir morgen in die Stadt fahren und die Rollschuhe kaufen. Er fährt mir über die Haare. »Du hast ja viel mehr gestrichen, als die Rollschuhe kosten, oder?«

Ich habe den ganzen Zaun gestrichen. Das sind zwei Paar Rollschuhe, sechs Päckchen Ersatzflügel und zwei Päckchen Ersatzschnürsenkel, die ich nicht will.

Später stehe ich am Fenster meiner Schwester, aber so, daß ich auch die Gardine sein könnte.

Was würde meine Schwester dafür haben wollen, daß sie ihr Zimmer mit mir tauscht? Vielleicht ein Jahr Geschirr abtrocknen. Und ich kauf ihr neue Stökkelschuhe. Die mit den roten Schleifen, die sie letzte Woche in dem Katalog gesehen hat. Die waren teuer, aber vielleicht hab ich ja jetzt genug Geld.

Er schafft eine tolle Serie. Dreimal hintereinander durch ohne Peng! Ich bin so stolz auf ihn, daß ich kurz vergesse, eine Gardine zu sein, und dann dreht er sich plötzlich um und fährt sich durch die Haare und lacht und winkt zu mir hoch. Oder? Als ich eine Weile darüber nachgedacht habe, bin ich aber sicher, daß er gewunken hat. Ich meine, er ist ja nicht blöd. Er kann ja nicht im Ernst glauben, daß ich eine Gardine bin.

Und dann wird mir schlecht. Das hier ist nicht mein Zimmer. Es ist das Zimmer, in dem meine

Schwester immer hinter der Gardine steht. So ist das also. Meine Schwester.

Ich nehme ihren Lippenstift, schneide mit der Schere ein großes Stück ab und quetsche es zwischen die Filzstifte in ihr Federmäppchen. Dann lege ich mich ins Bett und ziehe die Decke über den Kopf.

Nach dem Abendessen gehe ich noch mal in den Garten. Es ist schon dunkel. Ich streiche mit dem Zeigefinger die Zaunlatten entlang. An einer Latte sticht mir ein Spreißel in den Finger, aber an der nächsten fällt er auch schon wieder ab. Meine Schwester. Immer meine Schwester. Sie hat doch einen Freund. Was will sie denn noch.

Dann packt mich jemand am Arm. »Wenn du jemals wieder einen Fuß in mein Zimmer setzt, bist du tot«, flüstert sie.

»Du bist so gemein«, schreie ich sie an. Und weil ich merke, daß ich gleich heulen muß, reiße ich mich los und renne ins Haus zurück. Das wird sie noch bereuen.

Als alle schlafen, gehe ich zurück in den Garten. Ich schließe den Schuppen auf, die Tür knarzt. Mist. Leiseleiseleise. Im Schuppen ist es irre dunkel, und ich brauche eine Weile, bis ich einen Pinsel und den richtigen Farbtopf gefunden habe. Ich schleppe alles zum Zaun, und dann fange ich an.

Ich bin schnell. Den Farbtopf und den Pinsel lasse ich am Zaun liegen. Ist eh egal jetzt.

Im Bett suche ich Rotte, den meine Schwester unter die Matratze gestopft hat, und nehme ihn fest in den Arm.

Ich wache auf, als meine Schwester anfängt zu schreien. Soll sie doch.

Dann reißt sie meine Zimmertür auf. Mami und Papi sind auch da. Meine Schwester brüllt immer noch. Mami hat ein riesiges Gummistiefelsohlen-Gesicht. Papi auch.

»Suzanne, komm mit runter«, sagt Papi zu mir und schickt meine Schwester in ihr Zimmer. Sie brüllt immer noch.

Unten im Wohnzimmer muß ich mich hinsetzen.

»Ich weiß, daß Lydia und du, daß ihr euch gerade nicht so gut versteht«, sagt Papi und kneift die Lippen zusammen. »Aber das ist noch lange kein Grund, so was zu tun. Schämst du dich nicht?« Er reißt die Gardine auf und schiebt mich zum Fenster. Ich schaue raus. Die braune Haustürfarbe hebt sich gut ab von dem weißen Zaun. Das »y« von Lydia ist etwas verrutscht. Schließlich war es auch dunkel gestern. Aber sonst können den Satz eigentlich alle gut lesen, die an unserem Haus vorbeifahren: »Lydia liebt Daniel.«

Mami fährt mit Lydia in die Stadt zum Einkaufen. Ich muß zu Hause bleiben und später alles abschmirgeln. Aber das ist es wert. Meine Schwester hat heute morgen richtig geheult. Geschieht ihr recht.

Als ich die Treppe runtergehe, reißt sie ihre Zimmertür auf und streckt mir die Zunge raus.

Papi kommt in den Garten, als ich mit dem Schmirgelpapier die erste Latte abreibe und mir vorstelle, es wären Lydias braune Wildlederstiefel.

»Und wenn du fertig bist«, sagt er und schaut mich

wirklich sehr böse an, »streichst du zur Strafe den ganzen Zaun noch mal.«

Im Garten hinter dem Zaun macht es »peng«.

Ich höre auf zu schmirgeln. Und schaue Papi an. Dann drehe ich mich ganz langsam um und winke lachend meiner Schwester zu, die in ihrem Zimmer hinter der Gardine steht.

Die Äpfel

»Der Apfel aus dem Paradies«, sagt er und breitet dabei ein viel zu großes Quadrat aus Seidenpapier wie eine Decke über den schwieligen Boskop, den er vor sich in die Mitte der Theke gelegt hat: »Was für eine Sorte ist es wohl gewesen?«

Unter der dünnen Decke wölbt sich der Apfel wie ein zu dicker Bauch und zwingt Falten in das glatte Papier. Aber er nickt nur glücklich, als er es sieht, streicht das Seidenpapier mit beiden Händen um den Boskop glatt und wickelt ihn so sorgfältig ein, als hätte der Apfel deshalb eine so rauhe Haut, weil er ständig friert, und er, er könnte dem ein Ende bereiten.

Dann packt er ihn in die Kiste mit den anderen Boskop, die nebeneinander in ihren Seidenpapiermänteln ruhen dürfen wie vornehme, leicht erschöpfte Kranke. Ganz oben hinauf legt er noch ein unverpacktes Exemplar. Schaufensteräpfel nennt er die und lacht sich versunken kaputt, wenn er es sagt. Jeden Morgen. Sie steht neben ihm und versucht, nicht zu atmen.

Prüfend betrachtet er den fleckigen Boskop, als wäre er eine Kristallkugel: »Sollte es vielleicht der

Vorfahre eines Lucia La Salba gewesen sein?« fragt er leise, schnalzt ungeduldig mit der Zunge und wendet sich an die Cox Orange daneben, dann an die Gravensteiner und schließlich an die Jonathan: »Oder womöglich ein Mia Mondori? Ein Elisea Varano? Ein Maddalena Su?« Jeden Morgen stellt sich der alte Mann die Frage nach dem Apfel aus dem Paradies. Die Antwort ist in ihrem Gehirn eingesperrt wie Kopfschmerzen. Jeder Atemzug kann ein Fluchtfahrzeug sein, deshalb atmet sie nicht. Sie ist sich sicher, daß er in Atemluft lesen kann. Er ist verzweifelt genug.

Zwölf Sorten Äpfel führt er in seinem kleinen Obstladen, der »Garten Eden« heißt, etwa so groß ist wie die Ladefläche eines Kleintransporters und genauso staubig. Nur die Äpfel leuchten wie rote, gelbe und grüne Lämpchen aus ihren Kisten. Er hat ihnen italienische Frauennamen gegeben, irgendwann früher war er wohl Italiener. Es wäre falsch zu sagen, daß er es heute noch ist, denn in seinem Leben ist längst kein Platz mehr für irgendwelche Nebenjobs. Jetzt verkauft er Äpfel, und ein Nebenjob ist jeder Teil seines Lebens, der darauf nicht unmittelbar Bezug nimmt.

Er führt ausschließlich Äpfel. Bananen und Zitrusfrüchte haßt er: Sie haben die Äpfel auf der Welthandelsliste auf den dritten Platz verdrängt.

Unschlüssig rückt er die Schildchen aus weißem Büttenpapier neben seinen Schaufensteräpfeln zurecht, die nichts anderes sind als Tischkärtchen einer vornehmen Tafel: Lucia La Salba, das Kilo zu 1,80, liegt neben Mia Mondori, das Kilo zu 1,90, liegt neben

Elisea Varano, das Kilo zu 1,60, liegt neben Maddalena Su, das Kilo zu 1,90, und so weiter – bis zu dem Schildchen des Glockenapfels, auf dem nur der Kilopreis steht. Es ist der einzige seiner Äpfel, der noch namenlos ist, und ihn zu betrachten macht ihn nervös. Er ist ein Vater mit einem schlechten Gewissen, der ein Kind zu taufen hat. Mit dem Unterschied, daß dieses hier längst nicht mehr neugeboren ist.

Zufällig hat sie den Glockenapfel am liebsten, aber sie mag, wie der alte Mann, seinen Namen nicht. Er ähnelt ja nur dann einer Glocke, wenn man ihn auf den Kopf stellt. Sie denkt an die hohen, ausgeprägten Wangenknochen eines Frauengesichts, wenn sie scheinbar zufällig den Glockenapfel vor sich auf die Theke legt, um ihn heimlich genauer zu betrachten. Gesagt hat sie ihm das noch nie. Aber manchmal legt sie eine Spur. Weil er dann doch sehen muß, was sie weiß.

Schon an ihrem ersten Tag hatte sie Zuneigung zu den namenlosen Glockenäpfeln gefaßt. Sie mußte einen Stapel Seidenpapier schneiden und schließlich neben ihm warten, bis er alle neu eingetroffenen Sorten darin eingewickelt hatte. Lächelnd schüttelte er den Kopf, als sie ihm helfen wollte. Als hätte sie etwas Dummes gefragt.

Nur als er zu der Kiste mit den neuen Glockenäpfeln kam, schob er ihr den Packen Papier zu. Während sie versuchte, die Äpfel mit Weihnachtsgeschenksorgfalt einzupacken, holte er aus der Kammer zwei Stühle, setzte sich vor die Theke und betrachtete die Kisten.

»Setzen Sie sich«, hatte er ohne aufzuschauen gesagt, als sie fertig war. Sie setzte sich, und sie starrten gemeinsam auf die Äpfel. Sie langweilte sich bald, nahm einen Glockenapfel aus der Kiste, versuchte, ihn am Stil auf ihrer Handfläche kreiseln zu lassen, und hörte schließlich wieder auf, weil sie ein schlechtes Gewissen bekam. Als hätte sie ihm nicht zugehört, während er etwas Wichtiges erzählte. Er schwieg, und sie starrte wieder auf die Äpfel. Daß er sie offenbar vergessen hatte, verwirrte sie, und trotzdem wollte sie nicht, daß er aufschaute, weil sie nicht wußte, ob es anders aussieht, wenn man aus Höflichkeit oder Versunkenheit starrt. Das Problem, das Pärchen haben, wenn sie zusammen aufs Meer schauen und der eine romantischer ist als der andere.

Plötzlich stand er auf, nahm einen von den Golden Delicious und bot ihn ihr auf zwei geöffneten Händen dar. Es war die Handbewegung der Juweliere, wenn sie ein Schmuckstück aus der Vitrine geholt haben.

»Äpfel gehören zur Gattung der Rosengewächse«, sagte er. »Aber Rosen haben große Namen. Äpfel nicht. Äpfel haben Namen wie Kartoffeln, oder Fische, oder Spinnen. Namen wie die Inhaltsangaben auf Etiketten, die ihr grobes Aussehen oder ihren Geschmack beschreiben, vermischt mit geradezu inflationärer Laienpoesie: Wie oft nur das Wort ›Gold‹ vorkommt. Lieblos ist das. Wären sie wirklich wichtig, hätte man ihnen Namen geben, die etwas bedeuten, und wenn es nur ein Gefühl ist. Man würde sie nach Vorbildern taufen, so wie Rosen oder Kinder.

Und das ist der Unterschied: Man würde sie taufen, nicht benennen.«

Traurig betrachtete er den Golden Delicious, als wäre es ein getretener Hund, und sie war sich sicher, es fehlte nicht viel, und er hätte ihn gestreichelt. Der leidenschaftliche Leiter eines Tierasyls, den sie einmal gekannt hatte, fiel ihr ein. Geprügelte Straßenköter, gequälte Hamster und dünne Katzen, er hatte sie aufgenommen. Vor der Welt gerettet. Apfelasyl, dachte sie plötzlich, das ist ein irres Apfelasyl hier. Sie studierte eigentlich Jura und hätte beinahe gelacht. Aber er hätte es ohnehin nicht gesehen, er hatte den Golden Delicious wieder auf den Rand der Kiste gelegt und roch gerade mit geschlossenen Augen an einem großen Boskop, als wäre es eine Blume. Ohne die Augen zu öffnen, sagte er: »Noch schlimmer sind die Namen, die sich vom Herkunftsort oder gar dem Züchter ableiten. Brandzeichen sind das. Nichts als Brandzeichen.«

Zärtlich betrachtete er den Boskop und sagte leise: »Meine Äpfel haben die Namen der Frauen, in denen ich sie wiederfand. Lucia La Salba. Ihre Pupillen wurden zu Kernen, spitz und hart mit einem feuchten Glanz, wenn sie sehr, sehr wütend war.« Dann nahm er einen der Cox Orange, die immer schnell runzeln, wenn sie länger liegen: »Mia Mondori war achtundsiebzig Jahre alt. Die Haut auf ihren Wangen hatte sich zu den gleichen langen, feinen, unendlich weichen Falten zusammengeschoben. Und Elisea Varano. Ihr Bauchnabel war eine winzige, sanft geschwungene Kuhle. Kein Loch, sondern ein Tal, das man unwillkürlich mit dem Finger nachfahren wollte. So ebenmäßig, wie es nur bei einer einzigen Sorte vorkommt.« Er zeigte auf eine Kiste mit dicken grünen Gravensteinern und strich mit dem Zeigefinger zärtlich über die ungewöhnlich sanft auslaufende Fruchtnarbe am oberen Ende.

Neben den Gravensteinern stand eine Kiste mit Jonathan, die eine so großspurig glänzende rote Schale haben, daß sie fast künstlich wirken: »Maddalena Su trug am kleinen Finger ihrer rechten Hand einen ganz bestimmten Lack. Er legte sich dick und wachsglatt auf ihren Nagel, in ebendiesem Rot. Jedesmal war ich sicher, daß es ein Stück aus der Schale sein mußte, das sie vorsichtig nach der Schablone ihres Fingernagels herausgeschnitten und aufgeklebt hatte.«

Draußen stand vor dem Schaufenster ein Junge und sah in den Laden hinein. Als der alte Mann sich umdrehte, versuchte sie, ihn wegzuscheuchen. Der Mann stand lange vor den Jonathan, die Hände in den Hosentaschen. Schließlich flüsterte er: »Es hat mich fast wahnsinnig gemacht zu sehen, wenn der Lack splitterte.«

Der Glockenapfel war heiß geworden in ihren Händen, die Schale hatte tiefe braune Fingernagelspuren. Trotzdem schloß sie die Hände noch fester um den Apfel und hoffte, daß er sich nicht zu ihr umdrehte, damit sie nicht sehen konnte, ob sie das Falsche sagen würde. Weil es das einzige war, das ihr einfiel: »Wußten Sie, daß man Kartoffeln nicht zu nah an Apfelbäume pflanzen darf? Die Kartoffeln, also, die wachsen dann nicht.«

Er drehte sich um und lächelte. Nahm ihr den Glockenapfel aus der Hand, der sich aus ihren Fingern löste wie eine reife Frucht aus der Schale, und schnitt ihn in kleine Spalten. Sie sahen beide, wie weiß das Fleisch war, wie eisglatt. Gletscherfleisch war das. Es war weißer als das Fleisch anderer Sorten, an die sie sich erinnern konnte. So weiß wie ihre Haut, wie ihre Finger, die sich langsam ein Stück nach dem anderen in den Mund schoben. Während sie aß, betrachtete er traurig den Apfel, sein Sorgenkind: »Er hat immer noch keinen Namen, es gibt keinen. Ich werde ihn nicht finden.«

Sie hustete, hatte sich vielleicht wirklich verschluckt, vielleicht auch nicht. Sie wollte, daß er sie ansah und nicht die Kiste mit den namenlosen Glokkenäpfeln. Aber als er sich zu ihr umdrehte, aß sie die Apfelspalten auf, so schnell sie konnte. Beweisstücke. Schluckte sie fast unzerkaut hinunter, bis ihr Hals weh tat und das Gesicht rot war. Nicht mehr weiß.

Sie hatte nicht wirklich vorgehabt, bei ihm zu arbeiten. Eigentlich war sie nur neugierig gewesen. Der Laden lag auf ihrem Weg vom Seminar nach Hause, und sie hatte das Schild an der Tür gesehen: *Aushilfe gesucht: Sechs Tage die Woche für täglich zehn Minuten.* Es war der Tag gewesen, an dem sie ein bißchen Kraft übrig hatte, also war sie hineingegangen.

Die Arbeit, für die er sie eingestellt hat, ist die einzige, bei der sie nicht das Gefühl hat, ihn zu stören: Jeden Morgen liegt auf der Theke schon die Liste mit den Sorten bereit, die beim Großhändler nachbestellt werden müssen. Fünf Kilo Mia Mondori steht da, drei

Kilo Felice Narrena oder vier Kilo Viola Grappi. Noch niemals hat sie ihn die richtigen Namen aussprechen hören. Es ist eine Sprache, an die zu erinnern er sich weigert, und es ist sein Luxus, daß er sich einen Dolmetscher leistet. Seine Namen lernt sie wie Vokabeln von den Schildchen und vergleicht die Äpfel schließlich mit den Abbildungen aus dem Buch, das er ihr am ersten Tag wortlos zu der Liste gelegt hat. Sie achtet darauf, sorgfältig die Tür zum Hinterzimmer zu schließen, wenn sie am Telefon mit dem Großhändler über Cox Orange, Krügers Dieckstil und Jonagold spricht. Sie will nicht, daß er hört, wie sie ihn verraten muß. Weh tun will sie ihm nicht. Aber daß er das merkt, will sie auch nicht. Wenn sie zu Hause von ihrer Arbeit erzählt, hackt sie sie in Anekdoten, wirft sie schnell weit von sich und hat deshalb ein schlechtes Gewissen. Aber auch saubere Hände.

Nachdem er sie zu seiner Mitwisserin gemacht hatte, konnte sie nicht wieder gehen. Manchmal redet sie sich ein, es wäre aus Mitleid. Das Mitleid, das sie mit ihm hat, weil er von der Welt abgewiesen wird wie von einem kopfschüttelnden Verkäufer. Weil der nicht das Gewünschte führt, das Passende, das Glücklichmachende. Und weil er es sich deshalb selbst zusammenbasteln muß.

Inzwischen geht sie nur noch selten ins Seminar, denn sie ist sich sicher, daß er sie braucht. Offensichtlich mehr als nur zehn Minuten am Tag. Er braucht sie, damit sie ihn sanft an der Schulter beiseite zieht und die Äpfel einpackt, die die Kundin verlangt hat. Die Äpfel, die sie Goldparmänen genannt hat. Das geschah in ihrer ersten Woche, und sie reagierte so geistesgegenwärtig, wie ein Augenzeuge bei einem Unfall Erste Hilfe leistet. Stumm hatte er die Kundin angestarrt, offensichtlich unfähig zu wissen, was zu tun war. Sie lächelte die Frau entschuldigend an, nahm ihm ruhig die Tüte aus der Hand und versuchte, die Äpfel ganz langsam einzupacken, einen nach dem anderen. Damit er ihr zusehen konnte und sehen, daß sie nichts tat, was er nicht auch gekonnt hätte. Daß es nicht schwer war. Danach fühlte sie sich gut: Er hatte ihr gerade auf unbestimmte Zeit das Visum verlängert.

Es kommen nicht viele Leute in seinen Laden, denn selbst wenn die Kunden das richtige Codewort von den Schildchen ablesen, hält er die Äpfel zu lange fest, bevor er sie einpackt. Zu zögernd gibt er die Tüte frei, die Kunden müssen glauben, daß sie ihm etwas wegnehmen, und genauso ist es ja auch. Und die Äpfel werden einen Beigeschmack davontragen. Einmal hat sie ihn gefragt, warum er überhaupt Äpfel verkauft, wenn es ihm doch so weh tut. »Es passiert ja ohnehin«, hatte er gesagt, »und wenn schon, dann will ich es lieber selbst tun.«

Die meisten Kunden verlassen den Laden schnell. Selten zeigt einer auf die Schildchen und fragt verlegen, warum. Dann erklärt er leise und stolz, nimmt Äpfel in die Hand und erzählt Geschichten von Bauchnabeln und faltigen Wangen, von Sommersprossen, Kinngrübchen, Wimpern und lackierten Fingernägeln. Ein Mann, der das Fotoalbum seiner vergangenen Lieben durchblättert. Sie schämt sich jedesmal für ihn. Will nicht, daß er sich vor fremden Leuten lächerlich macht. Er stockt jedesmal bei den Glockenäpfeln.

Ein Mädchen, vielleicht achtzehn, kommt häufiger in den Laden, und seit kurzem trägt sie immer einen billigen hellgrünen Chiffonschal, der die Farbe des Glockenapfels hat, wenn man nicht zu genau hinsieht. Das Mädchen kauft immer nur Glockenäpfel. Es nimmt sie wieder aus der Tüte, in die er sie gerade hineingequält hat, hält sie dicht an den Schal und lacht, als wäre es überrascht. Dann schaut das Mädchen schnell den alten Mann an. Der alte Mann lächelt, das Mädchen zögert, und sie selbst sagt freundlich: »Was für ein schöner Schal. Hat er nicht genau dieselbe Farbe wie ganz frische Zitronen, wenn sie oben noch ein bißchen zartgrün sind? Sie mögen doch Zitronen, oder?« Das Mädchen nickt und strahlt.

»Zitronen«, murmelt der alte Mann, »Zitrusfrüchte.« Dann geht er in die Kammer, ohne sich zu verabschieden.

Als das Mädchen weg ist, geht sie nach hinten und sagt: »Machen Sie sich keine Sorgen.« Er versteht nicht, was sie meint. Es ist ja auch nur, was sie selbst gerne gehört hätte.

Oft schenkt sie ihm etwas. Eine Geschichte. Daß Äpfel die Speise der Pharaonen gewesen waren. Sie bauten riesige Plantagen an, und es war bei Todesstrafe verboten, davon zu essen. Schiller konnte nur schreiben, wenn ihm der Geruch fauliger Äpfel, die er in seinem Schreibtisch gelagert hatte, in die Nase stieg. Und die schweren Wunden des Königs von

Avalon wurden erst im geheimnisvollen Wald der Apfelbäume geheilt.

Er scheint sich zu freuen, wenn sie ihm wie nebenbei erzählt, was sie an den Abenden zuvor in der Unibibliothek mühsam zusammengetragen hat. Sie erzählt ihm all die Geschichten, um vergessen zu können, daß sie die eine kennt, die sie ihm niemals erzählen wird. Die Geschichte vom Apfel aus dem Paradies.

Sie erzählt ihm von der Sage, daß ein Mädchen, das einen Apfel aus der Hand einer Witwe empfängt, ihn schweigend teilen und eine Hälfte essen muß. Die andere Hälfte legt sie unter ihr Kopfkissen, dann wird sie von ihrem Geliebten träumen. Sie erzählt ihm die Geschichte von dem zum Tode verurteilten Amerikaner, der sich als letzte Mahlzeit einen Apfel wünschte, weil er wollte, daß ein Baum aus ihm wächst, wenn er tot ist. Der Mann hört ihren Geschichten zu wie Heldensagen.

Aber je mehr sie erzählt, desto trauriger scheint er zu werden, wenn er morgens die Reihen der Äpfel abschreitet. Es macht ihn traurig zu wissen, daß er die Geschichte nicht kennt, mit der die Heldensaga des Apfels beginnt. Besitzt er den Apfel? Welchen Namen hat er ihm gegeben, war es der richtige? Auf den alten Bildern ist der Paradiesapfel groß und rot. War es womöglich ein Maddalena Su?

Eines Morgens steht er vor der Kiste mit den namenlosen Glockenäpfeln und sagt leise: »Aber er war es nicht.« Sie schüttelt den Kopf. Es wäre ihm ein leichtes, es herauszufinden, denkt sie manchmal. Aber vielleicht fürchtet er sich auch davor. Weil die Wahrheit eine Königin bestimmen würde und die anderen zu Dienern macht.

Der ungetaufte Glockenapfel macht ihn immer nervöser. Er ist ein Dichter, der daran verzweifelt, nicht das richtige Wort zu finden. Damit sie ihn nicht ständig an sein Versagen erinnern, hat er die Kiste mit den Glockenäpfeln weit nach außen an den Rand gestellt. Und dann wieder zurück, als hätte er sich geschämt. Einmal mußte sie ihn darauf hinweisen, daß die Glockenäpfel ausgegangen waren, weil das verzweifelte Mädchen sie alle gekauft hatte.

Er überläßt es mehr und mehr ihr, sich um die Glockenäpfel zu kümmern, und sie tut es gern. Es sind die einzigen, die sie morgens in Seidenpapier wickeln darf, und es sind die, die sie am sorgfältigsten in Tüten packt. Manchmal geht sie kurz zum Spiegel im Hinterzimmer, um frischen weißen Puder aufzulegen. Dann schneidet sie einen Glockenapfel auf, auch wenn sie keinen Hunger hat. Beugt sich zu den Apfelspalten hinunter, damit er ihre hohen weißen Wangenknochen zwischen dem Gletscherfleisch leuchten sehen kann. Einmal kam er tatsächlich auf sie zu, faßte sie am Arm und sagte etwas. Es klang nur besorgt: »Sie sind blaß geworden.«

Am Tag, bevor es passierte, hatte er sie fast angefleht, wieder zu gehen, nachdem sie mit dem Großhändler telefoniert hatte. »Heute ist nicht viel zu tun«, hatte er gesagt. »Machen Sie doch frei heute. Ich schaff das schon.«

Weil ihr nichts anderes übrigblieb, war sie gegangen und am Nachmittag heimlich wiedergekommen. Sie sah ihn vor der Kiste mit den Glockenäpfeln sitzen, die Hände in den Kopf gestützt. Die Tür hatte er abgeschlossen.

Als sie am nächsten Morgen kommt, ist die Kiste verschwunden. Er hat die Glockenäpfel abbestellt. »Es ging nicht mehr, ich konnte es nicht mehr ertragen«, sagt er leise, als sie sich suchend umsieht.

Sie nickt kurz und beginnt, das Seidenpapier in sehr sorgfältige Quadrate zu schneiden. Die Schere ist so kalt wie ihre Hände. Er redete den ganzen Vormittag. Daß sie nichts sagt, scheint ihm nicht aufzufallen. Als er die Jonathan auffüllt, lacht er sogar und sagt: »Vielleicht ist Maddalena Su nicht im Paradies gewesen, aber bei Schneewittchen auf jeden Fall, nicht wahr?«

Da legte sie ganz langsam die Schere zur Seite und spuckt ihm die Worte ins Gesicht wie Kerne. »Der Apfel im Paradies. Das war kein Jonathan, kein Golden Delicious, kein Granny Smith, kein Gravensteiner und keine Goldparmäne. Der Apfel im Paradies – das war ein Granatapfel. Ein Granatapfel, verstehen Sie? Aus der Familie der Zitrusfrüchte.«

Eine Detektivgeschichte

Der Detektiv schaut auf die Gartentür, den Schnee davor, und lutscht zwölfmal konzentriert an einem Eiswürfel, den er aus der Kühltasche vom Beifahrersitz gefischt hat. Dann trägt er ihn vorsichtig auf der Zungenspitze von einer Wange zur anderen, lenkt ihn sicher an der Zahnfleischentzündung vorbei und läßt ihn kurz liegen. Solange die Thromboseübung auf dem Blatt dauert, das er sich aus dem Flugzeug mitgenommen und ins Handschuhfach gelegt hat. Anschließend holt er den Eiswürfel pünktlich wieder aus der Wange ab. Zwölfmal. Dann will er ihn zwölfmal gegen die Vorderzähne klicken lassen, aber es tut schon beim achten Mal so weh, daß er ihn ziemlich brutal der inneren Unterlippe aufdrängt.

Aber nur kurz.

Das mit den Eiswürfeln hat er in einem Handbuch gelesen. Ein amerikanischer Detektiv hat es geschrieben: Beim Observieren stets eine Kühltasche mit Eiswürfeln auf dem Beifahrersitz. Zum Lutschen, gegen den Durst. Tee, Kaffee und Mineralwasser schlagen zu schnell auf die Blase. »Und was dann, Kollege?« stand da. Damals hat er es sofort eingesehen, aber jetzt ist das anders. Jetzt hätte er einfach gern irgendwas. Und wenn nichts anderes da ist, dann eben ein Problem.

Ein Mädchen mit einer großen Mickymaus-Figur auf der Haarspange kommt auf sein Auto zu. Sie klemmt ein selbstgedrucktes Faltblatt hinter seinen Scheibenwischer. Eine Kneipe, die »Trinkbar« heißt. Das Blatt rutscht heraus und weht unter das Auto. Das Mädchen geht vor der Motorhaube in die Knie, bis er nur noch die Mickymaus wie eine Kühlerfigur auf und ab wippen sieht. Sie grinst so erbärmlich, daß er sich erschrocken ins Gesicht faßt.

Dann taucht das Mädchen wieder auf, das nasse Faltblatt wie einen Lappen zwischen zwei Fingern. Sie streicht es mit dem Ärmel auf der Motorhaube glatt und arrangiert es sorgfältig unter dem Scheibenwischer, so daß er schließlich genau auf die Getränkekarte schaut. Dann legt sie ein letztes Mal den Kopf schief und geht.

Der Detektiv bohrt in der Nase, und was er findet, plaziert er so auf der Innenscheibe, daß er das Wort »Pils« nicht mehr lesen kann, wenn er genau so sitzen bleibt und sich nicht bewegt.

Bedächtig schluckt er den dünnen Rest des Eiswürfels.

Unsichtbar bist du, wenn dich nicht mal der Werbezettelverteiler sieht, denkt er. Und dann: Für »Hefeweizen« ist nichts mehr übrig.

Als das Mädchen und die Mickymaus weg sind, fängt es an zu regnen, und ein paar Tropfen grauer Schneematsch mit roter Druckerfarbe laufen über die Scheibe am Kotflügel herunter. Der Detektiv macht die Tür auf, um zu sehen, ob es aussieht, als hätte ein todkranker Hund in den Schnee gepißt. Aber so naß ist das Faltblatt auch wieder nicht. Er macht die Tür zu und öffnet die Kühltasche. Mit der rechten Hand wühlt er darin herum, sucht einen, der gut in der Hand liegt. Als er ihn gefunden hat, freut er sich, und dann fragt er sich, warum. Er schiebt ihn in den Mund und beginnt von vorne. Lutschen. Dreizehnmal jetzt.

Beim drittenmal erinnert er sich an die Gartentür.

Und er weiß, daß in der Sekunde, in der er abgelenkt war, irgendwas passiert sein muß. Weil doch immer was passiert, wenn es heißt, daß einer eine Sekunde abgelenkt war. Zur Sicherheit zwingt er sich, bis dreizehn zu Ende zu lutschen. Um seinem Fehler noch einen Vorsprung zu geben, bevor er ihn bemerkt. Er hat dann mehr davon.

Aber der Schnee vor der Gartentür ist glatt. Glattglattglatt. Und die Gartentür? Er hat sie schon so lange angesehen, daß er nicht sicher ist, ob er irgendwann nur angefangen hat sich einzubilden, daß sie da ist.

Dann kurbelt er das Fenster runter und spuckt mit dem Eiswürfel die glatteglatte Schneedecke kaputt, und noch während er sich zum allerersten Mal an diesem Tag richtig gut fühlt, geht die Haustür auf. Die Frau kommt.

Er hat sie nicht gleich erkannt. Auf den Fotos, die er hat, sieht sie anders aus. Eine von denen, die berühmt genug gewesen sind, Fotos zu haben, auf denen sie anders aussehen als sonst.

Sie ist klein, dünn und hält sich so gerade, als hätte es ihr jemand beigebracht, der nicht geduldig war. In der rechten Hand trägt sie eine kleine Tasche aus weißer Seide mit einer dunkelroten Spitzenborte oben und langen roten Samtfransen unten. Eine Abendtasche. Die Samtfransen sind zu lang, sie streicheln mit spitzen Fingern die Schneedecke, und der Detektiv erwartet, daß sie sich jeden Moment ins Innere der Tasche zurückziehen wie erschreckte Fühler.

In der Seidentasche sind vier Flaschen. Sie muß sie gewaltsam reingepreßt haben. Jetzt drücken sich auf einer Seite die Verschlüsse nebeneinander in die dünne weiße Haut wie die Knöchel einer Faust. Eine Einkaufstasche aus weißer Seide.

Sie bleibt an der Straße stehen und wartet. Den rechten Arm jetzt ein wenig von sich gestreckt, weil die Henkel zu lang sind, um die Tasche in der Hand zu tragen, ohne daß die Fransen über den Boden schleifen. Sehr gerade steht sie da, bis schließlich ein schwarzes Auto kommt. Eines von denen, die es nur in Schwarz gibt.

Ein Mann mit einer Chauffeursmütze steigt aus und hält ihr die hintere Wagentür auf. Der Detektiv läßt den Motor an. Ein kleiner Vorsprung, er wird ihr einen kleinen Vorsprung geben. Und denkt dabei an die Einkaufstasche aus weißer Seide.

Die Limousine hält beim Altglascontainer, der Fahrer steigt aus, wirft die Flaschen ein, knüllt die Tasche zusammen und gibt sie der Frau im Fond. Sie fahren zurück. An der Gartentür ruft die Frau sehr laut dem Fahrer zu: »Ich brauche Sie heute nicht mehr, danke«, und dann, als müßte sie kurz überlegen, »Guillaume«. Sie schließt die Tür auf und bleibt hinter dem Gebüsch stehen. Der Detektiv wartet nur deshalb, weil er unbedingt sehen muß, ob die Tasche gerissen ist. Was er sieht, ist, daß die Frau die Tasche vorsichtig zusammenfaltet. Zusammenstreichelt. Dann steckt sie sie in eine Plastiktüte, die sie aus der Manteltasche holt.

Der Detektiv zuckt mit den Schultern und beschließt, nach Hause zu fahren. Er nimmt die Kühltasche mit und den Umschlag, den er heute morgen in seinem Briefkasten gefunden hat.

Es war keine Briefmarke drauf. Die Kundin hat ihn wohl selbst eingeworfen. Die Zeitung lag noch obendrauf. Und die Werbezettel mit den Frischfleischangeboten von heute. Er haßt sich dafür, daß ihm das als unpassend auffällt. Aber wenn sogar die Werbezettel später gekommen sind, muß sie es in der Nacht getan haben. Er denkt an ihre Stimme und daß so eine Stimme so was nicht tun würde. Denn eigentlich mag er Leute nicht, die so etwas noch in derselben Nacht tun, in der sie ihn anrufen. Er mag es überhaupt nicht, wenn Leute in der Nacht anrufen. Er will nicht immer mit Verzweiflung sprechen. Schon gar nicht mit der anderer Leute. Manchmal hält er angeekelt den Hörer von sich weg. Verzweiflung hat immer Mundgeruch, auch durchs Telefon. Deshalb wollte er eigentlich auch nicht mehr rangehen, wenn es dunkel ist. Hat es aber doch gemacht, weil nur die Dunkelheit die Miete zahlt. Er lebt davon, daß die Nacht die Dinge immer so aufbläst, daß die Leute fürchten, sie würden aufplatzen. Und es stimmt nicht, daß man die Falten, die das Leben geworfen hat, bei Licht am besten sieht. Man sieht sie in der Dunkelheit.

In der Nacht zuvor, als das Telefon klingelte, saß der Detektiv an seinem Schreibtisch und las in dem Handbuch des amerikanischen Kollegen. Jede Seite blätterte er mit dem Brieföffner um, bis er feststellte, daß er nur weiterlas, damit er die Seiten mit dem Brieföffner umblättern konnte.

Er will das Telefon abnehmen, aber den Brieföffner nicht aus der Hand legen, was ein Problem ist. Das Telefon klingelt weiter. Er nimmt es mit der linken Hand ab, und während er seinen Namen sagt, setzt er den Brieföffner an und versucht, einen neuen Totenkopf in den Tisch zu ritzen. Dann fragt er sich, was für eine Farbe Langeweile hätte, wenn man sie kotzen könnte. Ihm ist danach.

Der Tisch im Arbeitszimmer ist aus Plastik. Zwangsentwöhnung. Kein Geld, um jeden Monat zwei Holztische abschleifen zu lassen. Reicht schon, wenn der in der Küche versaut ist.

Aber ein Messer wäre besser als ein Brieföffner, denkt der Detektiv. Mit einem Messer könnte es auch auf dem Plastik gehen.

»Sie müssen nicht wissen, wie ich heiße«, sagt eine Stimme.

Sie klingt jung, nicht mehr ganz jung. Anfang Vierzig vielleicht. Aber jung genug.

Jung genug für was, denkt der Detektiv. Trotzdem freut er sich plötzlich, was ihn unendlich müde macht. Ungewohnte Anstrengung.

»Anonymität macht Vorkasse«, sagt er und hofft, daß sie wieder auflegt. Er will jetzt wirklich gerne in die Küche gehen und ein Messer holen.

»Gut«, sagt die Frau.

Er nimmt einen Briefumschlag aus dem Papierkorb und schreibt auf die Rückseite, was sie ihm sagt. Name, Adresse der Zielperson.

»Alter?« fragt er.

Die Frau schweigt. Aber er will jetzt nicht mehr, daß sie auflegt.

»Alter?«

»Zweiundsechzig.«

»Beruf?«

»Schauspielerin«, antwortet sie.

»Und, äh, was für eine?«

»Ich dachte es mir. Sie kennen sie nicht. Eine sehr gute Schauspielerin. Große Rollen. Das Gretchen in Nürnberg 1979 und Lena in *Leonce und Lena* 1968 in Bremen. Das hört sich jetzt vielleicht nach kleinen Theatern an, aber das waren Häuser mit Renommee. Und im Fernsehen war sie auch. Die Mutter von dem Kommissar in *Kurfürsten-Krimi* hat sie gespielt. Sie kennen doch den Kommissar?«

Der Detektiv kennt den Kommissar, die Mutter kennt er nicht und freut sich. Ihre Stimme zieht seine Lippen weich.

»Doch«, sagt sie, »die müssen Sie kennen. Die beste Szene war, als sie im roten Morgenmantel, so ein reinseidener war das, so ein ganz seidener Morgenmantel, in das Zimmer des Kommissars kam und …«

»Um was geht es eigentlich?« fragt der Detektiv,

weil er plötzlich das Gefühl hat, daß er etwas Wichtiges verpaßt hat, während er ihr zuhörte.

»Das versuche ich doch gerade zu erzählen. Also, als sie im Morgenmantel dastand, weil ihr eingefallen war, daß die Wunde des Toten von einem Eiskunstlaufschuh sein muß. Nicht von einem Eishockeyschuh. Der Eishockeytrainer war damit aus dem Spiel. Wissen Sie, die Wunde war gezackt, und nur Eiskunstlaufschuhe haben Zacken vorne. Das ist ihr beim Zwiebelschneiden eingefallen.«

Es müßte ein Messer mit Zacken sein, dann geht es besser, denkt der Detektiv und bereitet die Tischplatte vor auf das, was kommt. Er fegt die Krümel weg.

»Was soll ich also für Sie tun?«

»Beobachten Sie sie. Finden Sie heraus, wer sie ist. Was sie tut, jetzt. Ich will, daß Sie einen Bericht schreiben. Aber langweilen Sie mich nicht mit Uhrzeiten.«

»Geht es nicht ein bißchen konkreter?« Sie soll nicht auflegen. Er legt den Brieföffner zur Seite und fährt mit dem Daumen ungläubig über seine Lippen. Es fühlt sich so schön an.

»Sie werden morgen das Geld in Ihrem Briefkasten finden. Und eine Mappe mit Zeitungsausschnitten, die ich über die Jahre gesammelt habe.« Dann macht sie eine Pause. »Beobachten Sie vier Tage lang. Fangen Sie heute früh an. Und schreiben Sie mir eine Geschichte.«

Er preßt den Telefonhörer noch näher ans Ohr und denkt, daß er wieder einen Holztisch braucht, wenn das mit dem Messer nicht klappt. Kann so nicht arbeiten.

»Okay«, sagt der Detektiv und räuspert sich. »Eine Frage noch: Warum rufen Sie mich an?«

»Weil Sie der Beste dafür sind«, sagt die Frau, lacht heiser und legt auf.

Sie könnte auch Ende Dreißig sein, denkt der Detektiv, als er in die Küche geht, um ein Messer zu holen.

Am nächsten Morgen hat er die Fotos angesehen und das Geld nachgezählt. Am Briefkasten noch, absichtlich. Und dabei versucht zu rülpsen. Wollte ein Arsch sein, weil es sich innen und außen dann wenigstens einheitlich angefühlt hätte. Auf dem Faltblatt, das er neben dem Anti-Thrombose-Programm noch aus dem Flugzeug mitgenommen hat, nennen sie das Druckausgleich.

Das dicke Kuvert roch schwach nach Parfüm. Die Scheine auch, ein bißchen mehr. Aber der Geruch kam von den Fotos. So stark, daß er sich die Hände abgewischt hat und überrascht war, hinterher keine Flecken auf der Schlafanzughose zu haben.

Seine Frau hat immer Parfüm benutzt, wenn sie traurig war.

»Wenn man traurig ist, riecht man anders«, hat sie gesagt.

»Wie riecht man dann?« hat er gefragt.

»Anders eben.«

Er hatte sie das nicht gefragt, weil er nicht wußte, was sie meinte, sondern weil er wissen mußte, ob sie beide dasselbe meinten. Es war nicht schlimm, daß sie es ihm erzählt hat. Schlimm war, daß er sich nicht daran erinnern konnte, wann sie jemals kein Parfüm getragen hatte.

In der Wohnung hat er noch mal an den Fotos gerochen. Und dann den Umschlag ausgeschüttelt, immer wieder. Es war noch ein Zettel dabei mit der Adresse der Schauspielerin. Aber er hat nach etwas anderem gesucht. So lange, bis er enttäuscht genug war, um über den Bademodenmädchen aus dem Versandhauskatalog zu onanieren, ohne sich hinterher mieser zu fühlen als vorher.

Am Tag darauf parkt er um kurz vor zwei wieder vor ihrem Haus. (»Sie verläßt die Wohnung jeden Tag nicht vor zwei Uhr, es reicht völlig, wenn Sie ab zwei Uhr vor der Tür warten«, stand auf dem Zettel.) Er folgt ihrem Wagen bis zu einer Konditorei. Durchs Schaufenster sieht er, wie sie mit dem Konditor spricht. Gut, vor dem Mittagessen redet er ohnehin lieber mit Männern, die keinen Anzug tragen.

Er überlegt, ob er reingehen soll, während sie drin ist. Er könnte sich Kuchen kaufen. Kuchen kaufen ist gut. Kuchen kaufen ist was, an das man sich abends erinnern kann.

Erdbeerkuchen vielleicht. Und zu Hause würde er vorsichtig das Papier abmachen. Es klebt an den Erdbeeren, aber er würde hart bleiben. Und dann nimmt er den Brieföffner und versucht, diesen einen richtigen Winkel zu finden, von dem aus sich die ganze Gelatine mit einem Hebel abheben läßt.

Hat kein Geld dabei. Scheiße.

Als er die Tür aufmacht, sieht er, wie der Konditor das Papier über einem Stück Kuchen faltet, es der Schauspielerin reicht und dann wieder zurückzieht, um ihr zuerst die Hand zu geben. Es ist Erdbeerkuchen.

Der Detektiv schaut sich die Auslagen an und nimmt die Hände aus den Hosentaschen, weil das aussieht, als hätte er kein Geld.

Der Konditor verschwindet nach hinten. Ein Mädchen, das er sich gut in einem Bikini mit apartem Leoparden-Cognac-Muster für 19,90 inklusive Versandkosten vorstellen kann, schiebt ein Blech Windbeutel in den Ofen. Hinter dem Mädchen liegt ein gutes Messer. Er tritt einen Schritt zur Seite, um es besser sehen zu können. Ja, das Mädchen auch.

Auf dem Tresen liegt ein kleiner blauer Plastikordner, den er aufschlägt. Fotos von Torten in Plastikhüllen. Er blättert sie ganz langsam durch, auch weil er nicht sicher ist, ob heute noch was Besseres kommt als Torten in Plastikhüllen. Auf einem Foto ist das Hochzeitspaar drauf, die Braut mit einem Gesicht wie eine gebrannte Mandel und der Bräutigam mit einem langen Messer in der Hand.

Auf der letzten Seite findet er plötzlich eine dreistöckige Torte, zweimal fotografiert. Von der Seite und von oben, damit man die Schrift lesen kann: »Vierzig Jahre! In Verneigung vor einer großartigen Schauspielerin.« Signiert ist das Foto auch. Um jede der drei Etagen ist ein roter Bühnenvorhang aus Marzipanplatten gefältelt. Ganz oben vierzig Cocktailkirschen. Und dann die Schauspielerin, wie sie sich tief über die Torte beugt. So tief, daß ihr Gesicht fast die Schrift berührt. Die Torte ist viel größer als ihr Gesicht. Sie hat den Arm darumgelegt und lacht, wie Leute lachen, die sich mit einem Star fotografieren lassen.

Der Konditor kommt und schaut dem Detektiv über die Schulter.

Umständlich zeigt der Detektiv auf die Torte: »Entschuldigen Sie, wenn ich so neugierig bin, aber das ist doch die, die Schauspielerin, ja?« Er versucht, atemlos zu klingen, weil es dann vielleicht nicht auffällt, daß er ihren Namen vergessen hat.

Der Konditor nickt, nimmt den aufgeschlagenen Ordner und hält ihn mit beiden Händen vor sich wie ein Gesangbuch: »Eines meiner Meisterwerke. Aber nur ein Meisterwerk kann dieser Frau gerecht werden. Es gibt kaum jemand, der seine Rollen mit so viel Eleganz und Leben füllt, mit so viel Würde. Sie ist sehr wählerisch in ihren Rollen. Es ist ein Jammer, daß die Zeiten sich geändert haben. Auf Qualität und Ausstrahlung wird ja gar kein Wert mehr gelegt. Natürlich bekommt sie immer noch eine Menge Angebote, o ja, aber eine Schauspielerin ihres Formats ist wählerisch in ihren Rollen. Es wird sogar darüber nachgedacht, ihr Leben zu verfilmen aber ...«

Er macht eine Pause und zieht die Unterlippe über die Zähne.

Der Detektiv sagt: »Aber eine Schauspielerin ihres Formats ist wählerisch in den Kolleginnen, die ihre Rolle spielen?«

»Ja«, sagt der Konditor und läßt erleichtert den Ordner sinken.

»Kennen Sie sie persönlich?«

Der Konditor nimmt den Ordner wieder hoch. »Ich hatte das große Glück. Auf der Feier ihres vierzigjährigen Bühnenjubiläums. Als ich die Torte ablieferte. Sie ist – eine Erscheinung. Ganz Grazie. Und wie nett sie ist, sie hat sich sogar mit mir unterhalten. Obwohl sie das natürlich gar nicht müßte, so berühmt, wie sie ist. Und jetzt kommt sie sogar manchmal hierher und kauft Kuchen, na, sie kann es sich ja leisten, bei der Figur. Und sie ist eine große Tierfreundin. Katzen im besonderen, das weiß immer niemand, daß sie sich unglaublich für notleidende Katzen engagiert. Ja. Ach so, und ein Regisseur hat einmal über sie gesagt: ›Ich wünschte, die Dietrich würde noch drehen. Nur, damit diese Frau sie an die Wand spielen könnte.‹ So ist sie, und dabei gar nicht eingebildet. Natürlich hat sie einen Fahrer, hauptsächlich wegen der Sicherheit. Und sie verkehrt auch nur in den besten Adressen, eine sehr stilsichere Frau.«

Der Detektiv muß an die Einkaufstasche aus weißer Seide denken. Und daß sie bestimmt gerissen ist, mit den scheiß Flaschen drin.

Er tupft mit dem Zeigefinger den Kreis der Cocktailkirschen ab, denkt an die Stimme am Telefon, und nach der zehnten Kirsche sagt er: »Wer auch immer die Torte in Auftrag gegeben hat, der muß ein großer Verehrer sein.«

Der Konditor massiert konzentriert blaue Marzipankrümel in die Schnittkerben eines Holzbretts, bis es aussieht, als hätte es Adern.

»Ja, vielleicht«, murmelt er. »Kann ich nicht sagen. Hab sie nie vorher gesehen.«

»Ach, eine Frau?«

Der Konditor schaut auf. »Eine Frau? Ach so. Ja, was weiß ich. Aber es war eine Überraschung, sie wußte nichts davon. Eine große Überraschung. Ja. Sie hat ja so viele Fans. Und nicht nur in ihrem Alter, auch jüngere. O ja.«

»Eine unbekannte Verehrerin also. Daß es so was noch gibt«, sagt der Detektiv und tupft weiter die Kirschen ab. Wenn er bis vierzig kommt, ohne daß was passiert, ruft sie heute abend wieder an.

Das Mädchen, das einen Bikini mit apartem Leo-Cognac-Druck tragen sollte, ruft nach dem Konditor, der hastig versucht, die verstopften Marzipanstraßen mit dem Fingernagel wieder freizulegen.

Vierzig, denkt der Detektiv zufrieden. Dann fragt er: »Oder?«

Der Konditor betrachtet mit zusammengebissenen Zähnen seine Fingernägel und holt tief Luft: »Warum interessiert es Sie eigentlich, wer die Torte bestellt hat?«

Auf dem Weg zurück hält der Detektiv an einem Spielzeugladen, wo er ein Päckchen bunte Knete klaut. Auf der Straße klopft er zweimal zufrieden auf die Hosentasche wie früher auf die Zigaretten. Dann fährt er nach Hause, reibt sorgfältig mit der Knete die Schnitzereien auf dem Küchentisch ein und stellt sich vor, er wäre Arzt.

Er wartet bis zum frühen Morgen, dann nimmt er den Brieföffner und kratzt die Totenköpfe wieder aus, bis sie noch tiefer sind als vorher.

Am nächsten Tag parkt er wieder kurz vor zwei

Uhr schräg gegenüber ihrem Haus. Dann stellt er fest, daß er die Kühltasche mit den Eiswürfeln zu Hause in der Küche vergessen hat. Er kann nicht warten ohne Eiswürfel. Und die Thromboseübungen vom Faltblatt funktionieren auch nur zusammen mit den Eiswürfeln. Wenn man was Lächerliches tut, muß es so ausgeklügelt sein, daß man sich nicht daran erinnert, wie lächerlich es ist. Und während man wartet, muß man was Lächerliches tun, um sich nicht daran zu erinnern, wie lächerlich man ist. Warten ist die größte Falle. Warten hat Giftzähne, die so tun, als wären sie Uhrzeiger.

Das stand nicht in dem Buch von dem amerikanischen Detektiv. Er wollte es dazuschreiben, weil es stimmt. Und weil er sich gefreut hat, daß er was weiß, was ganz sicher stimmt. Hat es dann aber doch nicht gemacht. Hat sich lächerlich angehört.

Er ist ihr dankbar, daß sie pünktlich ist. Und dafür, daß die roten Fransen ihrer Seidentasche nicht auf dem Boden schleifen, weil sie sie nicht in der Hand trägt, sondern mit beiden Armen vor der Brust. Er beugt sich aus dem Fenster. In der Seidentasche ist eine Katze.

Der Chauffeur fährt sie zu einem teuren Hotel. Es dauert eine Weile, bis er einen Parkplatz gefunden hat. In der Lobby ist sie nicht mehr. Und das Personal in der Halle steht so steif und schön zwischen den großen Orchideengebinden, daß er sich kurz nicht sicher ist, wen er nach dem Weg fragen soll.

Im Café im Dachgeschoß also. Er will nicht auf den Aufzug warten. Nicht warten, auch wenn der

Aufzug vielleicht schon unten ist und es nur so lange wäre, bis die Türen aufgehen.

Die Teppiche sind so unendlich weich und leise, daß er schon im zweiten Stock anfängt, Selbstgespräche zu führen. Nur um zu hören, ob er noch da ist.

Gedämpfte Stimmen. Gedämpfte Sessel. Gedämpftes Gold an den gedämpften Lampen. Die Zitronenscheibe, die an einem Glas Tee steckt, an dem er vorbeigeht, ist in gedämpftem Gelb getrocknet. Er fürchtet, daß seine Kopfschmerzen schrill genug sind, daß man sie hört, hier, und hält die Hand vor die Stirn.

Er muß an ihr vorbei, um einen guten Platz zu finden. Als er auf den Tisch zukommt, klappt sie ihre Sonnenbrille herunter und dreht sich weg. Er bückt sich und bindet sich den Schuh, um die Seidentasche genauer sehen zu können. Die Fransen sind schmutzig.

Die Schauspielerin hält mit der einen Hand die Katze auf dem Schoß fest. Mit der anderen trinkt sie Campari, der so grell orange ist, daß er sich wundert, daß er überhaupt auf der Karte steht.

Sie bestellt ein Stück Torte. Der Detektiv Erdbeerkuchen, obwohl er weiß, daß es zu spät ist dafür.

Die Schauspielerin ißt Torte und schaut zwischendurch auf die Uhr.

Eigentlich schaut sie auf die Uhr und ißt zwischendurch Torte.

Schließlich ruft sie den Kellner. Will Wasser für die Katze. »Ich habe sie aus dem Versuchslabor gerettet«, sagt sie, »ist es nicht eine Schande. So ein süßes Kätzchen.«

Dann bringt ihr der Kellner das Telefon.

Es geht um die Eröffnung des Theaterballs und daß jemand sie offensichtlich dazu überreden will, die Eröffnungsrede zu halten. Jemand, den sie duzt. Zwischendurch redet sie französisch und entschuldigt sich dafür. Sie hätte nur gestern abend wieder so lange mit Gérard telefoniert. »Gérard«, sagt sie, »Gérard Duweißtschonwer«, als wäre es ein Nachname. Und weil das Gegenüber offensichtlich schwer von Begriff ist, sagt sie es noch mal. »Scheraar.« Und dann: »Ja natürlich, Depardieu.« Und dann: »Huch.« Und dann: »Ach, ich bin auch wirklich ein Plappermaul.« Sie lacht. Sie lacht so unglaublich viel.

Der Tisch ist aus gutem, weichem Kirschholz und die Kuchengabel besser als nichts.

Die Eröffnungsrede könne sie leider nicht halten, nein, sie hätte schon versprochen, auf der alljährlichen Versammlung der Goethe-Institute zu sprechen. Als altes Gretchen, gewissermaßen. Ach, so sei sie nun einmal. Viel zu gutmütig, das wisse sie schon. Deshalb habe sie ja auch W. – sie sagt wirklich W Punkt – schließlich verziehen. Obwohl es ja wirklich dreist gewesen sei, vor all den anderen Gästen, während der Preisverleihung. Zwar nicht direkt auf den Mund, aber doch recht dreist. Nun ja, er hätte sich entschuldigt, bevor er nach New York geflogen sei. Aber seitdem wisse sie gar nicht mehr wohin mit den ganzen Blumen. »Die jungen Leute, immer so überschwenglich.« Dann lacht sie noch mal und legt auf.

»Ach, entschuldigen Sie«, sagt sie zu dem Kellner, als er kommt, um ihr das Telefon abzunehmen. »Wissen Sie, ich habe kein Handy. Ich bin da wirklich schrecklich altmodisch. Aber meine Freunde finden mich doch überall. Aber falls die Presse wieder anruft, Sie haben mich nie gesehen, hören Sie?« Der Kellner lächelt höflich, als sie ihm mit dem Finger droht und dabei lacht.

Der Kellner lacht erst, als er sich weggedreht hat.

Sie bezahlt, dann nimmt sie die Katze auf den Arm und macht sich unendlich breit auf dem Weg zur Tür. Sie verbraucht so viel Platz beim Gehen. Ihr Mantel braucht Platz, die Katze, die sie trägt, ihre Stimme, die laut ist und schrill, die Seidentasche, die sie schwenkt. Die Fransen schleifen auf dem Boden. Der Detektiv zieht die Schultern hoch.

Dann schiebt er den Teller über den frischen kleinen Totenkopf auf dem Tisch und legt sorgfältig die Gabel darauf. Er geht an die Bar, um zu zahlen, und als er den Geldbeutel aus dem Mantel nimmt, sagt er: »Ach, sagen Sie, war das nicht gerade die Schauspielerin? Das war sie doch, oder?«

Der Kellner zuckt mit den Schultern. »Ich soll den Chef holen, wenn das jemand fragt.«

Der Detektiv seufzt.

Der Oberkellner kommt.

»Ja, da haben Sie ganz richtig gesehen, das war sie. Ein Fan, hmm?«

Der Detektiv nickt.

Der Chef seufzt. »Und jetzt soll ich Ihnen wohl ein bißchen was verraten, hmm?«

Der Detektiv nickt.

»Also gut, dann setzen Sie sich mal hin. Ich erzähle Ihnen eine wahre Geschichte, ganz exklusiv übrigens. Die haben wir zusammen erlebt. Wir kennen uns ja schon so lang, Gott, das darf ich gar nicht sagen, wie lang. Wollen Sie noch was trinken? Kaffee? Gut, Kaffee. Kommt sofort. Also, die Geschichte. Eines Tages, sie hatte diese Galavorstellung im Staatstheater, begleite ich sie zum Bühneneingang. Da kommt plötzlich der Gärtner auf uns zugeschossen, wie ein geölter Blitz, mit einem Ding in der Hand. Mann, es war ja fast dunkel, wir haben uns vielleicht erschrocken. Also das Ding ist seine Harke, und er reißt die Dame am Arm und zerrt sie quasi zu einem Beet mit Narzissen hinter dem Theater. Ich immer hinterher, ist ja klar. Von den Narzissen war nicht mehr viel übrig, eigentlich gar nichts. Ein paar abgeknickte, aber das war's auch schon. Wir also dumm geschaut, und der Gärtner fängt an zu schreien: ›Das ist alles Ihre Schuld‹, brüllt er sie an, ›jedesmal, wenn Sie auftreten, kann mein Sohn danach hier Fußball spielen.‹ Das Blumenbeet war nicht ganz klein, wissen Sie. Na, wir haben uns beide angeschaut wie die Ölgötzen. Aber was macht sie? Sie umarmt den Gärtner und geht rein, und nach der Vorstellung, nach dem siebten Vorhang, die ganze Bühne liegt schon voll mit Narzissen, fängt sie an zu reden. Sie wolle all die schönen Narzissen auf der Bühne heute dem Gärtner schenken. Weil sich dessen Narzissenbeet vor ein paar Stunden quasi in Luft aufgelöst habe. ›Puff‹, hat sie gemacht und die Arme ausgebreitet. Na, das haben natürlich alle kapiert. Und von da an hat sie, wenn sie im Staatstheater aufgetreten ist, immer nur einen Narzissenstrauß bekommen. Neben den anderen Blumen natürlich. Aber nur einen Narzissenstrauß. Und der kam von dem Gärtner.«

Der Oberkellner trinkt einen Schluck Kaffee und faltet erwartungsvoll die Hände.

Der Detektiv ärgert sich, daß er nicht zuerst dran gedacht hat, die Hände zu falten und einen Schluck Kaffee zu trinken. Jetzt geht es irgendwie nicht mehr. Er ist plötzlich sehr müde.

Hinter dem Rücken des Chefs ist die Durchreiche zur Küche offen. Der Kellner und der Koch bauen eine Pyramide aus Marzipanrosen auf, die der Koch mit Zeigefinger und Mittelfinger verteidigt, während der Kellner sie mit Cocktailkirschen kaputt zu schnipsen versucht.

»Eine schöne Geschichte«, nickt er schließlich anerkennend, »wann war das denn?«

Der Oberkellner stellt die Tasse ab und steht auf.

»Also, das weiß ich nun auch nicht mehr. Ist noch gar nicht so lange her, sicher nicht. Aber das ist doch auch völlig unwichtig. Zeit, ach. Und glauben Sie mir, sie würde das heute genauso wieder machen. Ganz genauso. Und das ist es doch, was zählt, nicht wahr? Ja. Ich muß jetzt auch weiterarbeiten. Was hatten Sie denn? Erdbeerkuchen, Kaffee, ja? Geht aufs Haus, bitte schön.«

Als der Detektiv seinen Mantel anzieht, ruft jemand aus der Küche: »Gewonnen! Du altes Pilzgesicht!« Und lacht.

Zu Hause hat die Kundin auf den Anrufbeantworter gesprochen.

»Haben Sie schon was herausgefunden? Wie finden Sie sie?« Dann legt sie auf.

Er spult zurück und hört es sich noch mal an. Und dann noch mal. Er sieht, daß der Anrufbeantworter halb auf dem Knochen steht, den er gerade so in das Plastik gekriegt hat.

Er rückt ihn behutsam ein Stück zur Seite.

Dann setzt er sich und hört es sich noch mal an. Siebenunddreißig Jahre, denkt er. Höchstens.

Der Detektiv öffnet die Balkontür. Er sieht zu, wie der Schnee hereinweht und auf dem Teppich schmilzt wie eine Botschaft, die sich noch vor dem Lesen selbst vernichtet.

Am nächsten Tag um kurz nach zwei Uhr fährt sie zu einem Friseur. Friseure sind unsere besten Freunde, steht in dem Buch von dem amerikanischen Kollegen. Sie reden viel, und die Salons haben große Glasfenster.

Er stellt sich an die Bushaltestelle gegenüber und zählt neun Busse. Sie läßt sich eine Dauerwelle machen. Und sie sitzt tatsächlich direkt am Fenster.

Als sie endlich weg ist, geht er rein. Der Friseuse erzählt er was von seiner Frau, die gehört hat, daß diese Schauspielerin immer hierherkommt.

Mehr muß er nicht sagen, der amerikanische Kollege hat recht gehabt. Die Friseuse erzählt von den Haaren der Schauspielerin, die sie jedesmal, wenn sie sie kämmt, an das Märchen erinnern. Dieses Märchen, er wüßte schon, wo ein Mädchen Gold spinnt.

Er kann sich schlecht konzentrieren, es riecht zu sehr nach Parfüm. Aber die Friseuse redet immer weiter. Und wie lästig es doch wäre, die ganzen Kundinnen, die mit Fotos der Schauspielerin in den Salon kämen und genauso aussehen wollten wie sie. Die Schauspielerin nehme das alles übrigens stets mit großzügigem Humor.

Als er nach Hause fährt, denkt er an die Stimme am Telefon. Und hofft, daß sie nicht eine von denen ist. Die zu der Friseuse gehen mit einem Foto der Schauspielerin und die gleiche Dauerwelle wollen. Und wie sie dann dasitzen und hoffen, daß es vielleicht sogar dieselben Lockenwickler sind.

Nein, das würde sie nicht machen. So alt ist sie nicht. Und so stark hat der Umschlag auch nicht nach Parfüm gerochen. Weil, so traurig ist sie nicht.

Zu Hause holt er den dicken Umschlag und nimmt die Artikel heraus, die sie für ihn kopiert hat. Sie enden irgendwann um 1991, nein, halt, zwei Jahre später noch mal einer. Sie dünnen aus. Der letzte Artikel ist so klein, daß sie ihn ausgeschnitten und auf ein DIN-A4-Blatt geklebt hat, damit er nicht verlorengeht. Sehr genau in die Mitte. Er sieht noch die verwischten Klebereste an der Seite, die auf der Kopie graue Flecken sind. Da war er wohl erst nicht mittig genug. Das mit den Kleberesten tut ihm weh.

Er stellt sich vor, wie sie Autogrammkarten gesammelt hat, auf denen die Schauspielerin schon lange nicht mehr so aussieht, wie sie aussieht. Wahrscheinlich bewahrt sie sie in Klarsichthüllen auf. Er stellt sich vor, wie sie die Torte bestellt hat, mit dem Bühnenvorhang aus Marzipan und den vierzig Cocktailkirschen drauf. Er könnte noch mal in die Konditorei gehen. Vielleicht kommt sie öfter. Er erkennt sie bestimmt.

Dann stellt er sich vor, wie sie morgens vor dem Spiegel steht und das Parfüm aufträgt, das mit den Fotos kam. Wahrscheinlich hat die Schauspielerin sogar das gleiche.

Aber sie trägt bestimmt immer nur ein bißchen auf, denkt der Detektiv und legt die Artikel weg. Weil, so traurig ist sie nicht.

Er trägt den Computer zum Holztisch in der Küche. Dann holt er den Brieföffner und das Blatt mit der sehr kleinen, sehr in die Mitte geklebten Meldung.

Und das alles für eine Frau, die es zum letztenmal vor elf Jahren in die Zeitung geschafft hat, denkt er. Mit einer Randnotiz in einer Lokalzeitung über die Eröffnung des zweitgrößten Gartencenters im Umkreis. Aber wahrscheinlich stimmt das gar nicht, wahrscheinlich hat sie die schlechten Artikel, die danach kamen, einfach nicht aufgehoben.

Er schreibt zwei Seiten voll mit dem Wort »Gartencenter« und dann die zwanzig Quadratzentimeter auf dem Tisch, die noch frei sind. Oben links.

Er hatte auch mal einen Namen, der in der Mitte war.

Aber alles rutscht immer an den Rand, das Gedächtnis ist so abschüssig. Daß er trotzdem immer wieder Aufträge kriegt, liegt mit Sicherheit daran, daß er der erste im Alphabet ist. Aber die Stimme am Telefon hat gesagt, daß er der Beste ist. Oder? Doch, das hat sie gesagt. Nein, fällt ihm ein, eigentlich hat sie gesagt, daß er der Beste dafür ist. Er weiß nicht, wo der Unterschied ist, aber er ahnt, daß es einen gibt.

Es war mal anders. Daß es nicht mehr so ist, hat er zuerst an der Wohnung gemerkt. Und zuerst hat er es auch nur beobachtet. Dann hat er angefangen, dem Schimmel Köder auszulegen. Weil es guttut, bei was mitzumachen, was von alleine läuft und das auch noch gut. Und weil es gut ist, was zu haben, was weh tun sollte, was aber nicht weh tut. Weil es dann so ist, als würde gar nichts mehr weh tun.

Manchmal, wenn er so traurig ist, daß es ihm auffällt, kniet er sich vor die Kaffeekanne. Der Kaffee darin hat jetzt einen rosa Pelz. Er legt den Finger an das Glas und schaut hindurch, als wäre es ein Aquarium. Sachte stupst er die Kanne an und fragt sich jedesmal staunend, wo der Kaffee so ein Rosa rausgezogen hat. Dunkelbrauner Filterkaffee also. Und dann so ein schönes Rosa. Es ist ein Nachthemdrosa. Manchmal will er gerne die Wange daranhalten, aber die Öffnung der Kaffeekanne ist zu klein. Und er fürchtet, daß das Rosa unter seinen Händen zerfällt, wenn er es ausschüttet. Es ist so ein Rosa, bei dem das passieren würde.

Im Wohnzimmer klingelt das Telefon.

»Haben Sie schon was rausgefunden?« fragt die Frau, als er den Hörer abreißt.

Er wollte so viel sagen. Aber er muß nur an die Geschichte mit dem Garten denken, die deshalb schön ist, weil sie nicht mehr wahr ist.

»Hören Sie, ich weiß nicht ...«

»Haben Sie schon angefangen zu schreiben? Sie wissen doch genug, oder?«

»Ja, aber hören Sie, ich ...«

»Was?«

»Ich weiß nicht, ich will Ihnen nicht zu nahe treten. Sie haben sicher Ihre Gründe. Und sicher, sie war bestimmt eine tolle Frau und eine großartige Schauspielerin. Aber Menschen, was soll ich sagen, verändern sich.«

Verdammte Scheiße, denkt der Detektiv, was soll das denn.

»Was reden Sie da? Glauben Sie vielleicht, nur weil jemand nicht mehr jede Woche auf der Bühne steht, ist er ein schlechterer Mensch? Außerdem bekommt sie immer noch so viele exzellente Angebote, daß sie darin wühlen kann. Wühlen, ja. Und was Sie betrifft: Sie haben vier Tage Zeit gehabt. Und mein Geld. Morgen früh schreiben Sie, und morgen abend schikken Sie es an die Postfachadresse, die ich Ihnen aufgeschrieben habe.«

»Sie verstehen mich nicht.«

»Machen Sie sich keine Sorgen. Schreiben Sie das auf, was Sie gehört und gesehen haben. Das wird mir reichen. Schreiben Sie morgen früh.«

»Woher wollen Sie das wissen?« schreit der Detektiv, »das ist es doch! Es reicht eben nicht!«

Die Frau schweigt.

»Es reicht, wenn Sie das aufschreiben, was Sie gehört haben und gesehen«, sagt sie und legt auf.

Der Detektiv hämmert mit dem Brieföffner Löcheraugen in den Plastiktisch. Nur Augen. Die Knochen und den Schädel spart er sich. Plötzlich geht es.

Am nächsten Morgen steht er früh auf und geht zu Fuß zum Haus der Schauspielerin. Es wird der Stimme weh tun, denkt er, aber es ist besser so. Es wird einfach so sein, wie wenn ein kleiner Hund überfahren wird und die Eltern dem Kind das Halsband zeigen, damit das Kind es glaubt. Ja, genau so wird es sein. Sie wird darüber hinwegkommen, denkt er. Was auch immer es ist. Er braucht nur etwas, das er ihr zeigen kann.

Er wartet drei Stunden. Er denkt nicht an die Kühltasche, die zu Hause steht, mit seinen Eiswürfeln. Er wartet einfach.

Die Frau öffnet die Gartentür, und der Detektiv flucht leise, daß er nicht das Auto genommen hat. Aber der Chauffeur kommt nicht, sie wartet auch nicht. Sie geht die Straße entlang. Eine halbe Stunde. Aber fünf Minuten zum Altglascontainer mit dem Fahrer, denkt er. Sie hält an einem kleinen Kiosk, der Mann gibt ihr etwas, das sie sorgfältig einsteckt.

Der Detektiv rennt zu dem Kiosk. Er weiß plötzlich, was er tun muß. »Hallo«, sagt er atemlos, nimmt eine Packung Kaugummi aus einem Karton und versucht, sich lässig auf den rechten Arm zu stützen. »Und dann«, sagt er, »hätte ich gern noch das gleiche wie die alte Dame da. Haha.«

Der Kioskbesitzer runzelt die Stirn und hält den

Kaugummi fest: »Sie wollen eine Senioren-Monatskarte für die Innenstadt?«

Er läßt den Kaugummi liegen und rennt ihr nach, bis er sie fast eingeholt hat. Die Seidentasche hat sie dabei. Aber diesmal ist sie leer, und sie trägt die langen Fransen über dem Arm wie eine Schleppe, damit sie nicht im Schnee schleifen.

Er hat nicht vor, ihr das anzurechnen.

Sie geht in ein Kaufhaus, in der Eingangshalle bleibt sie plötzlich stehen. Ein paar tausend Kilometer weiter weg finden jetzt die Olympischen Winterspiele statt, und vor einer Umkleidekabine knipst eine Fotografin Kunden in einem Eisprinzessinnenkleid. Eine dicke junge Frau hat sich in das Kleid gequetscht, der Reißverschluß geht hinten nicht mehr zu. Die Schauspielerin bleibt stehen und schaut sich das Elend an, bis die dicke junge Frau leise entschuldigend zu der Fotografin sagt: »Früher war ich mal richtig schlank.«

Das Kleid hat Pailletten und am Saum Fransen, die so rot sind wie die an ihrer Seidentasche.

Sie fährt die Rolltreppe hoch in den ersten Stock. Und geht in ein Geschäft für Hörgeräte. Der Detektiv will ihr nachgehen, als er am Schaufenster ein Plakat entdeckt, auf dem ihr Name steht. Gastrednerin bei der feierlichen Eröffnung eines Ladens für Hörgeräte also. Und anschließend ein Buffet mit in Schmalz gebackenen Ohrmuscheln.

»Exzellente Angebote, in denen sie wühlen kann«, murmelt der Detektiv, nimmt behutsam das Plakat ab, rollt es zusammen und geht nach Hause.

Die Stimme hat nicht mehr angerufen, er hat es nur gehofft, nicht erwartet. Er spult die Nachricht ab, die sie vor zwei Tagen hinterlassen hat. »Haben Sie schon etwas herausgefunden?« Und dann noch mal. Er legt Blätter auf die Totenkopfaugen, und bei jedem einzelnen flüstert er: »Es tut mir leid.«

Am anderen Morgen, in einem anderen Viertel, sitzt eine Frau am Fenster, auf ihrem Schoß ein Umschlag, der dicker ist, als sie erwartet hat.

Sie nimmt ihn in beide Hände und lächelt zärtlich. Dreht ihn langsam um. Öffnet die Lasche. Faßt hinein. Faßt etwas an. Zieht die Finger zurück. Steckt die Hand wieder hinein, preßt die Lippen zusammen und zieht es heraus.

Zu Hause wartet der Detektiv darauf, daß das Telefon klingelt. Er wartet einfach.

Er wird es der Stimme erklären, denkt er. Er wird zuerst von Wahrheit reden und von Träumen und dann, wenn es bis dahin gutgegangen ist, von Schicksal. Er wird sie trösten, und sie wird mit ihm reden, und ihre Stimme wird seine Lippen weich ziehen.

Eine Frau wählt seine Nummer. Sie steht aufrecht und holt tief Luft, bis das Zwerchfell eine Stimme freigibt, die gut fünfundzwanzig Jahre jünger ist als die Frau. Aber als der Detektiv abnimmt, funktioniert es nicht mehr.

»Warum haben Sie das getan?« fragt sie leise. »Warum haben Sie das nur getan?«

Dann legt sie langsam die dicken roten Samtfransen der Seidentasche so über das Plakat, daß sie ihren Namen nicht mehr lesen kann.

Das Glück, dreckig

Eines Abends gleitet eine Frau im grünen Abendkleid aus dem Arm ihres Mannes, um auf einem roten Teppich niederzuknien. Vor einem großen, sehr schmutzigen Schuhabdruck.

Mit dem Zeigefinger nähert sie sich in zärtlichen, immer enger werdenden Kreisen dem Schmutz, bis sich Dreckkrumen sammeln unter ihren roten Fingernägeln. Ihr Mann tritt einen Schritt zur Seite. Will nicht stören oder nichts damit zu tun haben, weiß es selbst nicht.

Hinter den beiden reihen sich Paare aneinander.

Der Mann streckt die Hand aus, um seine Frau sanft am Arm zu nehmen, als sie plötzlich aufschaut: »Schau ihn dir an«, flüstert sie.

Der Mann zögert, rafft die Hose über den Knien, geht halb in die Knie und wieder hoch, schaut sich um und dann auf seine Frau herunter. Seufzt.

Sie neigt den Kopf zur Seite, tupft ein letztes Mal mit dem Zeigefinger links oben neben den Abdruck auf den Teppich. Ein Kuß. Sie murmelt: »Wann habe ich zum letztenmal einen so perfekten Schuhabdruck gesehen?«

Dann steht sie auf und streicht ihr Kleid glatt. Ihr Mann dreht sich zu dem Paar hinter ihm um, lächelt entschuldigend und sagt: »Sie müssen wissen, meine Frau ist Kriminalkommissarin.«

Die Autorin dankt

Hans-Peter Junker. Jeden Tag. Dafür, daß er irgendwann beschlossen hat, mein Meister zu sein.

Nadine Lange, Herrn L., Michaela Röll von »Eggers & Landwehr« und meinen Kollegen bei der WELT für so viel Geduld und Unterstützung.

Und, ganz besonders, Nadja Kadel. Weil sie wundervoll ist.

Inhalt

Weitere Bücher aus dem
SchirmerGraf Verlag

Frida Kahlo

Jetzt, wo Du mich verläßt, liebe ich Dich mehr denn je

Briefe und andere Schriften. Herausgegeben und mit einem Vorwort von Raquel Tibol. Aus dem Spanischen und Englischen von Lisa Grüneisen und Jochen Staebel. 368 Seiten. Geb.

Frida Kahlo als Schriftstellerin. In diesem erstmals vollständig auf deutsch vorliegenden Band hat die Kunstkritikerin und Freundin Frida Kahlos, Raquel Tibol, Briefe, Notizen, Gedichte, Bekenntnisse der Künstlerin versammelt. Adressaten sind ihre Freunde, Kollegen, Liebhaber. Frida schreibt, so Raquel Tibol, »mit dem Herzen auf der Zunge, in einer freimütigen, phantasievollen Sprache«, die ihre Vorliebe für Wortschöpfungen, Umgangssprache und das Überschreiten linguistischer Grenzen zeigt.

Die extreme Freiheit ihrer Sprache ist der erste Schritt zur bedingungslosen Aufrichtigkeit – dem Ausgangspunkt für Frida Kahlos malerische Auseinandersetzung mit ihrer Welt und den darin immer wiederkehrenden Motiven: dem Busunfall, der sie von ihrem 18. Lebensjahr an versehrt ließ, die – quälende, fordernde – Leidenschaft der Heranwachsenden für Alejandro Gómez Arias, ihre komplexe und faszinierende Beziehung zu Diego Rivera, ihre Krankheit als Schicksal, ihr politisches Engagement und ihre Kompromißlosigkeit.

Mit diesen aus verschiedenen Archiven zusammengetragenen Texten präsentiert uns Raquel Tibol eine »Autobiographie« Frida Kahlos, die dem Mythos Kahlo eine neue, unverfälschte Dimension hinzufügt.

Ruben Gonzalez Gallego
Weiß auf Schwarz

Ein Bericht. Aus dem Russischen von Lena Gorelik.
224 Seiten. Geb.

»Dies ist ein Buch über meine Kindheit. Eine grausame, furchtbare Kindheit – aber eben trotzdem eine Kindheit. Um in sich eine Liebe zur Außenwelt zu bewahren, um groß und erwachsen zu werden, braucht ein Kind wirklich wenig: ein Stück Speck, eine Scheibe Brot mit Wurst, eine Handvoll Datteln, blauen Himmel, ein paar Bücher und die Herzlichkeit eines menschlichen Worts. Dies genügt, es ist mehr als genug.« Ruben Gonzalez Gallego wird im September 1968 in der Klinik des Kreml geboren. Seine Mutter, eine Spanierin, wurde dort als Notfall aufgenommen dank ihrer Verbindungen zur geheimen Spanischen Kommunistischen Partei.

Bei der Geburt ihres Babys, Ruben, treten Komplikationen auf; seine Beine bleiben gelähmt und die Feinmotorik seiner Hände beeinträchtigt. Zunächst in einem Waisenhaus für Angehörige der kommunistischen Elite untergebracht, beginnt für Ruben ab dem zweiten Lebensjahr eine Odyssee durch Heime für behinderte Kinder; seiner Mutter sagt man, er sei gestorben. In den Wirren der Perestroika 1990 gelingt es ihm mit Hilfe einer Pflegerin, seiner späteren ersten Frau, zu entkommen.

»Eine außergewöhnliche Geschichte, ein außergewöhnlicher Stil … erschütternd, verstörend.« *Le Monde*

Ludovic Roubaudi

Der Hund von Balard

Roman. Aus dem Französischen von Gaby Wurster.
288 Seiten. Geb.

»Eigentlich hatten wir nichts, Marco, Tony, der Belgier und ich: keine Papiere, kein festes Dach überm Kopf, keine Kohle, keine Vergangenheit. Wir lebten frei nach Descartes: Cogito ergo sum. Was uns verband, war Sinn für Humor, der Job unter der Zirkuskuppel auf dem ehemaligen Werksgelände von Citroën, für den wir nichts als ein paar Armmuskeln brauchten, und dann und wann eine saftige Schlägerei, die wir regelmäßig im Polimago oder bei Mama Rose mit Rotweinpunsch begossen. Und vielleicht so etwas wie, na ja, Freundschaft.

Bis uns eines Tages Weisnix zulief: ein räudiger, halbverhungerter Köter, mit wachem Blick und sympathischem Gesicht. Wir alle kapierten auf Anhieb, daß er etwas Besonderes war: ein echtes ›Subjekt‹, ein geborener Zirkushund, ein Tier, das das Spektakel liebte und Kunststücke vorführte, ohne dazu dressiert zu werden. Und wir begannen, von unserem eigenen Zirkus zu träumen. Einem richtigen, mit Elefanten und Trapezkünstlern, mit Musik und Clowns und strahlenden Kinderaugen – und Weisnix als Sensationsnummer. Plötzlich ging es nur noch um eines: diesen Traum Wirklichkeit werden zu lassen.«

»Dieser Roman ist so schön und so traurig wie ein Lied von Edith Piaf.« *Le Monde*

Xu Xing
Und alles, was bleibt, ist für dich

Roman. Aus dem Chinesischen von Rupprecht Mayer und Irmy Schweiger. Mit einem Nachwort von Irmy Schweiger. 288 Seiten. Geb.

Eine Mischung aus unverstandenem Genie, das eigentlich nur in seinem Element ist, wenn es mit einem hübschen Mädchen flirtet – und Jack Kerouac: So stilisiert sich der Ich-Erzähler dieses witzig-poetischen Romans. Auf der Suche nach dem Wahren und Schönen läßt er sich durch die postmaoistische Pekinger Kunstszene treiben und trifft dabei nur auf Möchtegern-Kafkas, Pseudo-van Goghs und Alkoholiker … Er beschließt, in den gelobten Westen zu seinem Freund Xi Yong zu reisen, der sich irgendwo in Deutschland im chinesischen Restaurant seiner Tante ausbeuten läßt. Aber er muß auf sein Visum warten, und so erholt er sich bei einem Abstecher nach Tibet, wo er mehr über Einsamkeit erfährt, als ihm lieb ist.

Endlich in dem romantischen deutschen Städtchen angekommen, in dem sich Xi Yong inzwischen Hals über Kopf in eine blauäugige Brötchenverkäuferin verliebt hat, lernt er den Westen aus einer ziemlich chinesischen Perspektive kennen …

»Witzig, kritisch, gefühlvoll.« *L'Humanité*

Stephen Vizinczey
Die zehn Gebote eines Schriftstellers

Essays zur Weltliteratur. Aus dem Englischen von Melanie Walz und Bernhard Robben. 288 Seiten. Geb.

Erstmals auf deutsch: die international gerühmten, ebenso gehaltvollen wie pointierten Essays zur Weltliteratur des großen ungarisch-kanadischen Autors und Literaturkritikers. Stendhal und Balzac, Tolstoi und Gogol, Herman Melville und Vladimir Nabokov, Kleist, Goethe und Thomas Mann – dies sind die Stars dieser Sammlung, aber unter dem gleichzeitig schwärmerischen wie unerbittlichen Blick Stephen Vizinczeys erscheinen einige von ihnen in einem ganz neuen Licht.

»Es gibt im Grunde zwei Arten von Literatur. Die eine dient dem Verständnis, die andere dem Vergessen; die eine verhilft uns dazu, ein freier Mensch zu werden, die andere dient dazu, uns zu manipulieren. Die eine ist mit der Astronomie verwandt, die andere mit der Astrologie. Der Unterschied zwischen Astronomie und Astrologie, zwischen Wissenschaft und Scharlatanerie, ist für die meisten sonnenklar; der Unterschied jedoch zwischen guter und schlechter Literatur ist es nicht. Das Geschönte, Verlogene, Ambitionierte wird oft für große Literatur gehalten, während die wirklich große Literatur viel zu häufig unverstanden ist.« S. V.

»Ein intellektuell aufregendes und moralisch inspirierendes Buch.« Jesús Moreno Sanz, *Diario 16* (Madrid)